AU CŒUR DU CIRQUE FUNÈBRE

DU MÊME AUTEUR

AUX ÉDITIONS HÉLOÏSE D'ORMESSON

L'Œuvre du serpent, 2024. Pocket, 2025.

AUX ÉDITIONS ONEIROI

Le Septième Continent, 2019.

eXoriZon, 2023.

AUX ÉDITIONS GRIMOIRE & LA PLUME

L'En Deçà, 2024.

AUX ÉDITIONS MILLE CENT QUINZE

Le Gardien Blanc, 2024.

AUX ÉDITIONS ZONE CRITIQUE

Cellule, nouvelle, coll. Vrilles, 2025.

Norman Jangot

AU CŒUR DU CIRQUE FUNÈBRE

ÉDITIONS HÉLOÏSE D'ORMESSON | THRILLER

ISBN 978-2-487819-50-4

Éditions Héloïse d'Ormesson
92 avenue de France, 75013 Paris
info@lisez.com
www.editions-heloisedormesson.com

« Un deux, l'attrape-hideux
Trois quatre, venu te battre
Cinq six, te mordre la cuisse
Sept huit, jamais de fuite
Neuf dix, dans le royaume du vice »
Comptine des souterrains, auteur inconnu

« Celui qui ouvre la porte doit prendre le risque de ne jamais pouvoir la refermer. »
Thomas Garlding, *Entretien avec Rose Gabriel*

– Installez-vous, Plamensen.

La pièce est vaste. Une agréable odeur embaume tout l'espace. Impossible d'en saisir ni la source ni la composition. Mon nez fait un drôle de bruit de trompette lorsque je renifle. Les résidus de cocaïne, de glucose et – comme l'indique mon estomac – de laxatifs s'agglutinent en copeaux blancs que j'ôte, avec grâce, de ma cavité nasale pour les disperser sur le plancher verni. Je lui réponds simplement :

– Monsieur Plamensen.

Les gens friqués pensent qu'ils peuvent enlever, à leur convenance, les titres de politesse lorsque la position sociale de leur interlocuteur est criante d'infériorité. Ou alors est-ce parce que j'ai une mine que l'on qualifie de sympathique ? Ou bien, suivant les clichés culturels, parce que je suis un privé ? Pas de respect pour les fouille-merde ?

– Excusez-moi. Monsieur Plamensen.

– Pas de problème.

L'homme qui se tient en face de moi, debout devant un bureau beaucoup trop large pour lui, s'appelle Armand de Breuil. Du moins, c'est sous ce nom-là qu'il s'est présenté. Il est grand, fin, et ses épaules dénotent une carrure osseuse. Si ce gars avait un soupçon de muscles, il pourrait entrer dans la catégorie des mecs qu'il faut éviter d'emmerder. Au-delà de ses cheveux impeccablement peignés, plaqués, tirés en arrière, de son bouc taillé avec une précision d'orfèvre, son visage exprime quelque chose de… primitif. Un lézard du jurassique qui a vu passer les ères et qui s'accroche à la vie comme un diable. Il aura beau consacrer une matinée entière à se retaper devant sa glace, jamais il ne pourra cacher ce que sa peau exprime : le vécu. Ce type n'a pas passé sa vie dans sa tour d'ivoire comme le laissent sous-entendre son patronyme et son ascendance sociale sur moi.

– Asseyez-vous, monsieur Plamensen. Désirez-vous un café ? Un thé ?

– Avec ce froid, je me suis habitué à un autre genre de revigorant…

– Chivas ? Ou un Yamazaki ? C'est le meilleur w…

– Chivas, ce sera très bien.

Une partie de mon métier consiste à déterminer immédiatement à qui j'ai affaire. Histoire de m'adapter à mon interlocuteur. Cependant, jusqu'à présent, ça a toujours été un échec.

Je me racle le fond de la gorge et un horrible glaviot tremblote dans ma trachée. L'homme au visage soigné s'est levé et s'approche maintenant d'un meuble en ébène verni lui aussi. Il me faut un effort de concentration pour distinguer les ombres des reliefs. Le noir aspire la lumière. Il la fait disparaître. J'ai lu quelque part qu'un trou noir était une étoile dont la gravité était si puissante que les photons de lumière qui passaient à proximité étaient irrémédiablement attirés, puis aspirés. Voilà à quoi me fait penser cette desserte : un aspirateur d'espoir. Je m'essuie le front. Quelques gouttes. Un léger voile de sueur. Ça doit être une poussée de fièvre due à cette foutue grippe qui ne passe pas.

Armand ne boit pas. Il dépose une serviette grise sur le rebord du bureau afin d'y placer méticuleusement le verre dont le liquide ambré forme des traînées ondulantes sur sa paroi. Puis il s'assoit sur un fauteuil de cuir sombre.

– Vous avez été employé de la RATP, c'est bien ça?

Je renifle. Mon portable émet un petit bip monocorde – celui de l'application de rencontre INferno.

– Ouais.

– En tant qu'agent de sécurité?

– Pas longtemps, ouais…

– Que s'est-il passé?

J'ai une envie pressante, terriblement pressante. Je déteste me retenir. Mais ce n'est pas le moment de merder. J'ai besoin de ce job. Dans quelques jours, nous serons à la fin du mois de janvier. Dehors, il fait moins dix. Un froid mordant paralyse tous les Parisiens qui osent pointer le bout de leurs museaux hors de chez eux ou du métro. Une dizaine de clochards meurent chaque semaine. De froid, tout simplement. L'organisme n'a plus l'énergie pour faire fonctionner la machine. L'esprit s'engourdit et tombe dans le coma. Comme lors d'un trip trop puissant aux opiacés. On sait qu'il se passe un truc mais notre conscience n'a plus son mot à dire, elle se fait aspirer à son tour par un trou noir. Et le cœur s'arrête.

– C'était pas mon truc. Trop lent.

– Trop lent?

– Ouais, j'ai besoin d'action, que ça bouge, quoi.

Je me cure le nez. Encore quelques copeaux blancs que j'éjecte d'une pichenette en direction de la desserte du chaos.

– Mais vous connaissez bien le métro.

– Ouais. À fond.

Je m'impatiente. Je n'ai aucune idée de la raison de ma présence ici. On m'a dit: « Tu veux te faire des thunes? Va voir ce type, il a de l'oseille. Je lui ai parlé de toi, il est intéressé. » Oui, je veux me faire des thunes, sans quoi je vais bientôt me retrouver à devoir frapper à toutes les portes de mes anciennes connaissances pour ne pas dormir dans la rue. Et je l'ai déjà trop fait. La probabilité qu'aucune ne daigne me laisser entrer est dangereusement élevée. Je tente de faire avancer les choses :

– Écoutez, j'ai pas mal de boulot qui m'attend, venez-en au fait. Vous avez quoi pour moi ?

De Breuil retient une moue amusée et place une petite main délicate sur un dossier bleu posé sur son bureau en chêne. Les gens qui ont des petites mains ont toujours un problème de confiance en eux. Certainement un rapport avec l'*Homo erectus*. Faites le test autour de vous. Il ne faut jamais faire confiance à un type qui a des petites mains. Il n'a aucune emprise sur sa vie. Ces gens ont souvent des problèmes de santé bénins mais amoindrissants, comme l'asthme, l'eczéma, les mycoses… Ils sont légèrement défavorisés physiquement mais pas assez pour qu'on les plaigne. On se moque d'eux et de leur fragilité qu'on ne connaît pas. Verdict : ne jamais faire confiance aux petites mains.

Il ouvre le dossier bleu tout en gardant son regard reptilien posé sur moi. Il tourne quelques feuilles et les fait glisser dans ma direction.

– Est-ce que le nom de Jonathan Mörgn vous dit quelque chose ?

– Non, c'est qui ?

– Lisez.

Je lis. C'est un article de journal intitulé :

« LA MORT DU GRIPPEMINAUD
Le chasseur de la Souricière »

– Vous avez dû entendre parler de lui…

Oui, en effet, ça me dit quelque chose. Vaguement. Mes yeux parcourent l'article. Les SDF du métro se considérant comme les enfants des bas-fonds, ils avaient donné le nom de Grippeminaud à leur agresseur. Charmant. Durant l'été 2015, ce fou furieux les endormait avec une injection intramusculaire composée d'un cocktail de somnifères avant de les violer. Le nombre de ses victimes n'a pas pu être recensé, car tous les témoignages n'ont pas été pris au sérieux. De nombreuses légendes autour de ce croque-mitaine sont nées à ce moment-là. Mon estomac se contracte. La fièvre ou l'article ? Je relève la tête.

– OK, pourquoi vous me faites lire ces horreurs ?

De Breuil se lève à nouveau. Il est vraiment grand. Avec des hanches étroites qui donnent à son corps une légère forme d'entonnoir. J'ai très envie de quitter cette pièce et de me rincer la trachée dans le troquet en bas de la rue. J'ai très envie d'oublier ce loyer et les jours qui se réduisent comme peau de chagrin. J'ai très envie d'essayer ses toilettes en porcelaine – sûr qu'elles sont en porcelaine. De Breuil fait quelques pas dans la pièce.

– L'article ne dit pas tout. Le Grippeminaud, de son vrai nom Jonathan Mörgn, était atteint, selon les psychiatres qui ont étudié son cas, de morbuphilie. En somme, il trouvait du plaisir sexuel avec les êtres atteints de maladies. Plus les sujets étaient couverts de bacilles infectieux, plus son plaisir était grand. Est-ce que vous savez ce qu'est l'extase, Plamensen ?

– Monsieur.

De Breuil se rapproche de ma droite et prend appui sur son bureau, les mains dans les poches.

– Savez-vous ce qu'est l'extase, monsieur Plamensen ?

Je remue sur ma chaise, mal à l'aise. Je serre les sphincters et adopte une position tordue, jambes croisées.

– Je connais des substances…

– Je ne parle pas de substances, monsieur Plamensen. Je parle de niveau de conscience.

J'attrape le verre et le vide cul sec. Ce type s'est glissé près de moi comme un serpent et je n'apprécie pas son visage façon gros plan.

– En violant des clodos ?

De Breuil sourit et fait glisser le dossier bleu plus près de moi, à quelques centimètres de mon ventre bombé. Il l'ouvre à la première page. Je vois un article annonçant des rénovations dantesques dans les sous-sols du métro.

– Mon avis diverge de celui des psychiatres quant à son état mental et sa motivation.

De Breuil se dirige vers le pan de mur entièrement vide à droite, mais recouvert d'un lambris en bois dans sa partie inférieure.

– J'ai beaucoup étudié le cas du Grippeminaud. Il s'avère que son QI était de 123 sur le test du WAIS IV. Il a été catégorisé un peu trop rapidement « malade mental » alors qu'il avait une intelligence hors du commun. Et j'ai tendance à penser que cette architecture particulièrement riche de connexions neuronales lui a permis de trouver comment atteindre l'extase, le plaisir pur. Ce que l'on recherche tous…

– Ah ouais ?

– Mais pour cela, il faut aussi être doué d'un esprit parfaitement rigoureux. Et vous savez quelles sont les autres personnes qui ont réussi à atteindre cette extase ?

– Les traders ?

– Non. Les traders sont les esclaves d'une société qui occulte toute notion de plaisir. Aucun individu ne peut prétendre à la félicité en s'échinant sur des tâches absurdes. Saviez-vous que le mot « travail » nous vient du latin *tripalium* ? Un instrument de torture… Est-ce que vous êtes de la catégorie de ceux qui pensent que le plaisir ne peut provenir que de la souffrance ?

– Je plaisantais…

Il affiche un sourire satisfait et redresse son buste, comme s'il avait gagné une manche, alors que ce type ne m'inspire rien de glorieux et que son petit numéro de savant me fout des frissons.

De Breuil plonge sa main dans l'un des interstices du lambris. Un clic discret résonne et deux panneaux s'ouvrent comme les eaux de la mer Rouge.

Un autel se révèle. Des visages en noir et blanc tapissent l'intérieur de cette alcôve. Des dossiers. Des dates. Plusieurs flèches qui relient certains profils avec des dates. Un tas de dates. Et puis des nombres au-dessus des photos, allant de 120 à 130. Je devine: des mesures de QI...

– Je vous présente mes serial killers!

– Vous pouviez pas faire la collection de cartes de joueurs de foot, comme tout le monde?

De Breuil jette un regard fier à son tableau de chasse comme si ma remarque ne l'atteignait pas.

– J'ai passé ma vie à étudier les comportements de ces individus. Michel Fourniret, Richard Ramirez, Habib Cherki, Charles Manson, Tamara Samsonova, Ted Bundy, Yang Xinhai... Tous, aussi bien les organisés que les instinctifs, les psychopathes que les psychotiques, ont réussi à atteindre une forme d'extase dont ni vous ni moi n'avons idée...

– C'est pas le genre d'expérience qui me branche...

– Moi non plus, monsieur Plamensen. La vue du sang m'effraie, et je suis plutôt trouillard. Qui plus est, je me positionne ici en tant qu'observateur. Mon extase à moi se trouve dans les énigmes intellectuelles.

– Genre *Myst*? J'ai vécu avec une nana qui passait son temps à tenter de finir ce jeu. Jamais rien compris.

Il prend alors une expression joueuse et incline légèrement la tête sur le côté.

– Vous êtes en train de me dire que résoudre les énigmes n'est pas votre « truc » ?

– Vous interprétez mes propos. J'ai juste dit que ces jeux foireux, c'est pas la vraie vie. Personne avec qui s'entretenir, aucune place à l'intuition, tout ça quoi…

Cette discussion me fatigue, et ce panthéon de monstres me sape le moral de la même façon que le meuble noir gobe la lumière. J'ai envie d'un bain chaud dans un hôtel de luxe. D'une bouteille de Dom Pérignon et d'une pizza à la truffe. Ouais.

– Excusez-moi, je ne voulais pas remettre en question vos compétences.

De Breuil se déplace vers une bibliothèque bien garnie et soigneusement rangée. De là où je suis, impossible de distinguer un seul des titres, mais je peux certifier qu'à la gueule des tranches, ce ne sont pas des San Antonio.

– J'ai passé des années à me documenter, j'ai feuilleté tous les ouvrages qui traitent du sujet. Avez-vous une passion, monsieur Plamensen ?

– J'ai des vinyles…

Que j'ai dû vendre pour payer le dernier loyer et une ou deux soirées bien arrosées. *Yerk yerk yerk.*

– Qu'est-ce qui vous fait rire ?

– Rien. Une vieille blague qui m'est revenue.

– Essayez de rester concentré, s'il vous plaît. Je disais donc qu'une passion est un feu ardent qui vous pousse à faire ce qu'aucun autre individu ne serait capable de faire. Moteur qui semble, de toute évidence, vous échapper.

Je le regarde sans broncher. Ta pique ne m'atteint pas, mon pote. Je me gratte les naseaux et renifle bruyamment en laissant vaguer mon regard par la fenêtre. Hermétique.

– J'ai réuni une somme importante d'informations et je suis arrivé à la même conclusion que Thomas Garlding dans son *Entretien avec Rose Gabriel.*

Il vient de prononcer « Thomas » avec un accent anglais – le « s » phonique. Je suis impressionné. Si, si…

Le reptile se déplace alors vers la grande fenêtre, me tournant le dos. J'ai entendu parler de Rose Gabriel. Receveuse universelle, elle ponctionnait le sang de ses jeunes victimes pour se l'injecter et ainsi régénérer, soi-disant, ses organes déficients. Elle a tué une trentaine de gamines dans des camps de réfugiés. Si je vois ce livre sur la commode d'un gars en soirée, grandes chances que je foute le camp, en emportant quelques bouteilles au passage.

– Comme lui, j'ai remarqué que les serial killers laissent un message, monsieur Plamensen. Certains sous forme d'énigmes ou de métaphores, d'autres de manière crue, comme Charles Manson, par exemple, qui avait un don pour percevoir certains… disons… signes dans les œuvres pop des années 1960. Mais personne n'a jamais voulu tirer aucun enseignement de ces paroles. Ils ont été relégués parmi les fous, les instables, les monstres. Mais ces monstres étaient des êtres humains avant tout. Des humains aux sens plus développés que nous. Doués d'une aptitude à discerner une vérité impalpable pour les autres. Certains diront même que les signes qu'ils captent sont la parole du Créateur. Ne faut-il pas voir les choses dans leur ensemble plutôt que de dégager d'un revers de main une poignée d'individus jugés moralement monstrueux et de les enfermer à jamais dans le Tartare ? Attention, je ne dis pas qu'ils sont les gardiens du secret absolu et qu'il faut prendre pour argent comptant tout ce qu'ils affirment. Je dis qu'ils ont perçu une tranche du monde qui nous est totalement opaque. Et que vivre dans l'inconscience de cette face cachée m'apparaît tout à fait idiot.

Un résidu blanc s'est accumulé à la commissure des lèvres de mon hôte. Il remarque que je fais une fixette dessus. Il rougit, attrape un mouchoir dans une boîte de Kleenex engoncée dans une sculpture représentant une femme cambrée de couleur bronze. Je balance mes pieds sur le bureau et allume une Pall Mall 100's. Même prix que la taille normale. Pourquoi écourter le plaisir ?

– On peut fumer ?

– Non. Mais la politesse ne semble pas faire partie de vos prestations…

Je recrache une volute de fumée pour confirmer ses dires. Il ouvre un tiroir et en extrait une petite tortue blanche dont la carapace forme une alcôve. Cendrier en ivoire. Au cas où des impolis comme moi viendraient fumer dans l'antre du prince des ténèbres. Allez, je pourrais parier que c'est un ancien fumeur et que, de temps en temps, lui aussi s'adonne à ce vice.

– Vous en voulez une ?

– Non.

– OK. Est-ce que vous allez maintenant m'expliquer le rapport avec votre… Grippemachin ? De ce que j'ai lu, il n'a rien d'un tueur en série…

De Breuil semble surpris mais également ravi de voir que j'ai suivi un tant soit peu la conversation. Il referme le tiroir et, d'une pression sur le pavé tactile de son bureau, active une aération dont je ne devine l'existence qu'au très léger ronflement sonore qu'elle provoque. Pareil au ronronnement doux d'un matou.

– Ce que ne dit pas l'article que vous venez de lire, c'est qu'il est responsable d'une tuerie de masse. Il a condamné, dans un ancien bunker souterrain, une cinquantaine de vagabonds à la noyade en brisant les vannes qui alimentaient les réserves d'eau de Montsouris.

INferno vibre et claironne dans ma poche. Soit c'est mon jour de chance et je capitalise plusieurs matchs en l'espace de quelques secondes, soit c'est une foldingue du clavier qui enchaîne les messages. Je pencherais plus pour la seconde possibilité. Je relève le menton vers mon interlocuteur.

– Ça ne fait pas de lui un tueur en série…

– Non, en effet, pas selon la définition du terme. Il est considéré comme un *mass murderer* et un violeur en série.

Nouvelle sonnerie. Je ne bronche pas. Lui non plus. Il me désigne le dossier bleu.

– Ouvrez l'onglet sept.

– Vous auriez pas la petite sœur ?

Je lui tends mon verre et allonge le bras pour faire tomber la cendre de ma clope qui atterrit un centimètre à côté de madame la Tortue d'ivoire. L'air de rien. J'attrape le dossier bleu d'une main pataude.

– Bien sûr.

Il se dirige vers la desserte en appuyant un regard circonspect en direction de la cendre qui a raté sa cible. Je fais défiler les onglets jusqu'au septième. Une page s'en échappe et atterrit délicatement sur le tapis anthracite.

Mes yeux se plissent sur le symbole. On dirait la lettre d'un alphabet sumérien ou une connerie du genre, je veux dire par là : très ancien. C'est une photo pixélisée, de qualité médiocre. Le symbole a été tagué sur un mur obscur. En dessous, on peut y lire deux chiffres : 1,6 et 2,1. Un peu plus loin, dans le fond, je vois des carreaux rectangulaires blancs. Reconnaissables entre tous.

– Laissez-moi deviner : vous vous lancez dans la collection de graffitis trouvés dans le métro ?

De Breuil est derrière moi, je pivote sur mon siège. Il tient le verre rempli à la main mais ne me le tend pas.

– Que pouvez-vous me dire sur cette photo ?

Un verre en otage… Mon regard s'égare un instant sur les vaguelettes cuivrées qui glissent à l'intérieur. Puis sur ses mains. Ses petits doigts courts et fins qui agrippent leur prise.

– J'ai préféré passer mon diplôme de langue vivante plutôt que « runes anciennes ».

– Oubliez le pictogramme et concentrez-vous sur l'image. Que pouvez-vous me dire sur l'endroit où il a été dessiné ?

– Un mur du métro.

– Oui. Mais encore ?

Je ramasse la feuille. Ce sigle me met mal à l'aise. Il a quelque chose d'inquiétant et ne m'évoque absolument rien de connu. De

Breuil me frôle, récupère sa tortue et époussette la cendre à l'intérieur avec un mouchoir. Combien il en utilise par jour ? Il remarque que je l'observe et se racle la gorge.

– Monsieur Plamensen ?

– Vous avez pas mieux qu'une bouillie de pixels ?

– Regardez dans la profondeur de champ.

J'en ai rien à foutre de son manège. L'envie de chier a disparu avec l'ivresse du malt, par contre je n'arrête pas de renifler et n'arrive pas à me décider sur le responsable de ce symptôme : la grippe ou la blanche.

De Breuil perd patience. Je fronce les sourcils dans une vague imitation de mine concentrée. La photo est indéchiffrable. À moins que je l'éloigne… Ah oui ! Je repère un truc. Une barre jaune transversale. Comme celles qui se trouvent sur les voies pour avertir les voyageurs qu'il est interdit d'aller au-delà du quai. Comme si ce n'était pas l'évidence même. Mais je suppose que, s'ils installent des barrières comme ça, c'est qu'il y a plusieurs débiles qui ont voulu mettre à l'épreuve leur âme d'aventurier et se faire mousser auprès de leurs potes. Sauf que… le photographe se trouve déjà derrière la barre ! Malin, le Plamensen. J'esquisse un léger sourire narquois et renvoie dédaigneusement la feuille dans le dossier avant de déployer mes mains derrière ma tête.

– Ouais… facile. La photo a été prise sur la voie. Un petit malin qui a voulu se la jouer…

– Oui, mais pas n'importe quelle voie.

De Breuil attrape le dossier et revient se planter sur son trône.

– Cette photo a été prise très exactement dans la zone de dépôt au-delà du terminus de la ligne 3, à Gallieni.

Il extrait alors du dossier une autre photo similaire. Un nouveau symbole, ou pictogramme comme il les appelle. Tout aussi imbitable. Suivi de deux numéros. Il l'aligne avec l'autre devant moi comme une main de cartes gagnantes. Il les dispose précautionneusement, avec un amour palpable dans ses pupilles brillantes.

– La marque du Grippeminaud, monsieur Plamensen. Avant de mourir, il semblerait qu'il ait laissé ces pictogrammes derrière lui. Respectivement : Pont de Levallois sur la 3, Château de Vincennes sur la 1. Toutes cachées dans une zone de dépôt d'un terminus.

– Comment vous avez su tout ça ?

– Ah ! Enfin une question intéressante. Sur le cadavre de Jonathan Mörgn, la police a trouvé un plan du métro avec tous les terminus cochés. Ce qui veut dire qu'il avait sûrement terminé son œuvre peu de temps avant sa mort. C'est ça qui m'a poussé à chercher. Je ne vous cache pas que j'ai mis le temps. J'ai trouvé ces deux-là moi-même et c'était… assez éprouvant.

– Éprouvant ? Hum. Et ces chiffres en dessous ?

– Ils font partie de l'énigme, ce n'est pas pour ça que je vous paie.

– Vous savez à quoi ils font référence ?

– Non, je ne sais pas.

– Hum. Et comment vous pouvez être sûr que c'est le Grippe-machin qui a fait ça et pas un autre taré ?

– J'ai étudié le personnage. Il passait son temps dans le métro, la nuit. Il savait se faufiler n'importe où. C'était son terrain de jeu.

– Ça n'explique pas tout…

– Non. En effet. Savez-vous ce qu'avait étudié monsieur Mörgn avant de se reconvertir pour travailler dans la finance ?

– La cradologie ?

– Il avait étudié les langues anciennes à la Sorbonne et s'était spécialisé dans celles du deuxième millénaire avant J.-C. Le sumérien, le sémitique… C'était ça, sa passion première. J'ai lu tous ses écrits à ce sujet. Il y fait mention de la possibilité de créer un nouvel alphabet qui nous ferait repenser notre façon d'être au monde. Qui changerait complètement notre perception. À la fin de sa thèse, il explique même que ce savoir devrait se mériter. Se mériter, vous comprenez ?

De Breuil plaque alors un petit doigt sur l'un des hiéroglyphes.

– Monsieur Plamensen, je suis convaincu qu'un sigle se trouve à chaque terminus de chaque ligne de métro. Et que réunis, ils formeront son message… Celui que le Grippeminaud a légué à l'espèce humaine et qui expliquera son dessein à qui saura le lire. Et vous allez tous me les retrouver.

Il y a du monde. On sent dans l'air un parfum de fin de semaine. Les gens ont, chacun à leur façon, une lueur qui s'est allumée dans leurs pupilles.

Ce soir, c'est le lâcher-prise. On oublie le patron tyrannique, on oublie le conjoint possessif. On se libère. La nuit va nous aider. Oh, et pas que la nuit. Les serveurs sont là pour nous procurer le nectar qui ouvrira nos chakras. Je m'envoie une lampée d'un rhum arrangé loin d'être dégueu.

Le groupe, au fond de la salle, se prépare. Le guitariste a branché la distorsion et fait grincer sa guitare avant d'entamer le show. J'ai horreur des guitares, j'ai horreur du rock, j'ai horreur de la musique. Pourtant, tous les vendredis, je m'assois ici et je torture mes oreilles avec les mélodies des musiciens amateurs de la capitale. Je trouve ça beaucoup plus grisant que les pros. C'est comme de voir un skieur dévaler une piste noire sur le cul. Poilant. Le bassiste n'arrête pas de faire sonner sa corde de *mi* comme si elle allait lui donner le groove par magie. Le batteur tape sur ses fûts et règle la tension de la peau avec une petite clef. Je ne vois aucune différence. J'ai envie de leur crier : « Eh, les gars ! En piste ! Tu crois que j'aime mater le rasage de poils d'un cycliste avant la course ? Non, alors passe-moi les détails ! »

Le chanteur, timide, s'approche du micro, une paire de lunettes à la Lennon sur le pif. Il est déchiré. Ses pommettes sont rouges. Sa démarche hasardeuse. Il balbutie quelques inepties. L'ingé son lui demande si « ça va ». Il n'a pas l'air de saisir le sens de la question. Ça va être grandiose. *Vidéo Gag*. Ça, ça me parle. J'aime le côté imprévu du spectacle amateur. Alors, tous les vendredis, je viens m'asseoir là, à ce coin du bar. Et je me bidonne.

Je connais des visages. Certains sont hostiles. Je devine facilement pourquoi.

Chaque vendredi soir, je demande le rhum arrangé qui macère dans un bocal transparent. J'adore ce truc. Les fruits gonflent et il est impossible de les reconnaître à leur forme. Ils ressemblent à des organes conservés dans du formol. Insectoïdes ou autres crustacés du crétacé. Ouais, c'est exactement ça que j'ai l'impression de boire à chaque fois. Le suc de créatures disparues. Le sérum d'un docteur allumé, regorgeant de créativité, qui le concocterait dans sa cave. Après, chacun y voit ce qu'il veut.

Moi, en attendant, je sirote du formol devant une humiliation publique et, sur le coin du bar, je déplie soigneusement une carte du métro. Je compte. J'attrape un sous-bock et me mets à griffonner un chiffre dessus. Le serveur me regarde du coin de l'œil et m'envoie un : « T'as perdu ta route ? » Je pense que le vendredi soir, tout le monde fait en sorte de la perdre. On navigue à l'aveugle, avec ses tripes et ses réflexes primitifs. Et c'est précisément là que tout peut déraper.

Mais le constat de ce qu'affiche mon sous-bock me fatigue d'avance. Avec les embranchements de la ligne 7 et de la 13 : trente. Cette putain de ville compte trente terminus. Sans compter les lignes Bis. Ce cinglé se serait fait chier à planquer autant de « pictogrammes » ? Le nombre correspondrait à celui d'un alphabet. Ouais, pourquoi pas. Je m'en contrecarre. Je trouve les dessins, j'empoche le pognon, je paie mon loyer et je reviens m'asseoir près des poulpes bicéphales dans leur liquide. Ce plan est plus que correct. Mais je ne vais pas commencer ce soir. Non. Le *tripalium* peut attendre.

Mon smartphone s'énerve. INferno. L'application qui a réussi à cannibaliser l'attention de toute une génération. Je l'ouvre. Sept messages. Qui proviennent tous d'une seule et même personne. « Clem ». Faut pas rêver. À moins d'avoir le look d'un mannequin dans un magazine, vous n'aurez pas plus de trois matchs par mois. Je parle de « vrai » match. Pas de la nana qui ne répond pas… Mais pourquoi je m'embarrasse de tout ça ? Par dépit ? Par ennui ? Je vote pour la déambulation absurde et incontrôlable. Ne jamais avoir de remords sur le chemin qu'on prend. Moi, je le trace à la craie sur le bitume chaque jour. Et quand je regarde derrière, y a plus rien. *Pchuiiit !* Envolé. Le vide. C'est mieux comme ça.

« Clem » donc. C'est une dingue. D'abord une question. Puis un signe d'impatience. Ensuite, elle persiste et signe avec des points d'exclamation exprimant son désappointement, voire sa colère face à mon manque de réactivité. Je n'ai jamais échangé plus de trois mots avec cette nana et voilà la dernière phrase qu'elle m'assène : « Si tu n'as pas les couilles de me dire que finalement je ne te plais pas, tu pourrais au moins avoir la décence de me supprimer, espèce de merde ! » OK. Suppression. Fin de l'histoire. Hystérique jusque dans le numérique. J'ai donné.

Je regarde autour de moi. Des jeunes. En grappe. Quelques filles se marrent. À gorges déployées. Le chant des sirènes. Je finis mon formol et demande un autre verre au barman. Je sens les brumes envahir mon cortex limbique. J'aime.

Pourquoi moi ? C'est la question que je n'ai pas eue à poser au maître des ténèbres, de Breuil, mon nouveau client – on va l'appeler comme ça. La réponse ? Parce qu'on a dû lui dire que je ferai tout sans poser de questions. J'ai envoyé un texto à ce bon vieux Saint-Bernard – mon pote de biture à l'université – pour le remercier de m'avoir filé le plan. Il m'a renvoyé un smiley que je n'arrive pas à décrypter avec mon téléphone qui affiche un carré barré d'une croix. Plamensen, l'homme qui ne pose pas de questions. Du moins pas les bonnes… Ça me va. Si on me paie. Par contre, j'ai pas le droit de foirer. Mon Saint-Bernard s'est mouillé. Je dois lui faire honneur. Santé!

Je tends mon verre en direction des glousseuses qui m'ignorent. Il faut être patient. Je retourne le sous-bock. Trente stations donc. Le Saint-Bernard a pipoté un peu en balançant que j'avais bossé dans le métro. C'est pas tout à fait faux, mais ça a duré une semaine et j'étais bourré la moitié du temps. Oui, monsieur, je connais bien le métro. Oui, monsieur, j'ai encore des connaissances qui pourront m'aider. Bien sûr, monsieur, ça sera fait au plus vite.

Bon, et maintenant? C'est la merde. D'autant que, depuis les attentats, la sécurité a été renforcée. Sinon le serpent de Breuil se serait glissé lui-même dans ce dédale. Je siffle mon verre. INferno sonne. Rien à branler. J'en commande un autre, sur ma note, et je m'entends demander un serpent au formol. Le barman hausse un sourcil et me sert mon breuvage. Et me retournant, je rentre dans un type très jeune avec un bec-de-lièvre. La moitié de mon verre recouvre sa chemise. J'explose de rire. Il fait la gueule. Les filles se marrent. Je calibre un pas à l'équilibre. Raté: j'arrive en tanguant, c'est touché-coulé au premier tour de piste. Je m'avance. L'une d'elles balance une connerie. Hop! J'attrape au vol. Elle entre dans le jeu. Les autres sont plus dubitatives. J'enchaîne. Ça mord. Elles se détendent. Je ne leur fais pas le coup de leur offrir un verre. Trop bateau. Pas dans ce bar rock. Manque d'originalité. Je leur parle du groupe qui commence à lancer du son. Je leur fais part de mon ressenti. Ça les amuse. Je tiens un fil. Je ne le lâche pas. Mon esprit est vif, affûté. Je me tiens droit. C'est comme une danse. Il faut suivre un rythme, puis imposer le sien.

Le chanteur fait un pain, sa voix déraille. Je lâche une vanne. Elles me demandent ce que je bois. Je leur réponds que j'avale des couleuvres. Elles me rincent un coup. Les rôles s'inversent. C'est ça, le rock, *baby*. Mais le fond reste le même. Je mène la danse. Le guitariste se perd dans le rythme, je le descends. Le chanteur fait une moue juvénile. Je le descends. Un mec du public se met à gigoter comme un gros camé. Je le descends. Une nana le suit. Je la descends. Erreur. C'est la vanne de trop. J'ai déjà fini le verre qu'elles m'ont offert et je vire aigri. Je parle trop fort. C'est cuit, mon pote. Dérapage incontrôlé alors que tu avais amorcé un très beau démarrage. Mais il y a une chose à retenir : les types comme moi ne se rendent jamais compte de l'instant qui précède la chute. C'est quand on a le cul par terre depuis plusieurs heures qu'on réalise. Et au lieu de me relever comme un brave et courageux citadin, je me vautre dans la vase.

J'envoie chier les filles et leur explique que ce n'est pas avec un mojito qu'elles vont « s'éclater » ce soir. Je prononce ce dernier mot en mimant leur façon de parler et en roulant les yeux au ciel. Je prends la direction des toilettes et en profite pour expulser tout ce que j'ai dans les entrailles. Je suis encore malade. Les déchets ne sont pas traités comme il faut par mon organisme. Un virus a pris possession des lieux. Je sors de là et décide de lui botter le cul au formol. J'ai une crise de sueurs froides. La fièvre. Les filles sont en train de danser avec le chanteur qui a bondi de scène. Il ne s'est pas cassé la cheville. Misère ! Ils gesticulent. Mes yeux ne font plus la mise au point. Je décide de remettre ça pour faire passer le mal. Et je vomis. Là, sur mes pieds. Sur le comptoir. Le serveur me demande de sortir. Il a l'habitude mais rien ne saurait masquer le dégoût qu'il éprouve à mon égard en ce moment. Un mec ricane. Il se fout de moi. Je le pousse. Il me pousse. Je tombe. Je sors du bar. Je ne vaux plus un kopeck. C'est fini pour moi. Fermez les rideaux, mesdames et messieurs, celui qui pensait se fendre la poire a finalement été votre guignol ce soir. Courbette. Révérence. Et on se taille.

Le néon du Ton air de Brest II grésille. Ce bar est tout récent. Pourtant il sent le vécu et la transpiration. Je remonte la rue de la Gaîté. Je croise des regards hagards et me cogne à une personne non identifiée. Je baragouine n'importe quoi dans un filet de bave. Je suis rétamé. Besoin de sommeil. Je remonte le boulevard du Montparnasse et m'engouffre dans la ligne 4.

Je m'accroche à la barre suintante pour ne pas m'asseoir. Si je le fais, je vais m'endormir et finir… au dépôt! Mes yeux se posent sur le petit diagramme des noms des stations. Terminus: Mairie de Montrouge. Mon arrêt: Alésia. Comment ce type a pu avoir l'idée de violer des putains de SDF galeux? Même si ce gars avait un message, quel intérêt aurait-on à l'écouter? Sale monde. Plus sale que cette barre en inox à laquelle je m'accroche comme au mât d'un navire en perdition. Les stations défilent.

« Mairie de Montrouge, terminus », annonce le conducteur. Tout le monde descend. Je hausse les épaules et m'assois enfin. Un *tilt* assourdissant retentit. Le métro repart en direction du dépôt. Jamais je n'avais « vécu » l'expérience. Il m'est arrivé de me réveiller dans l'autre sens, m'étant endormi entre-temps. Mais je n'ai jamais passé cette étape *consciemment*. J'ai l'impression de franchir un vortex, un no man's land interdit. Maudit? La Souricière, n'est-ce pas? Tout le monde peut faire le choix de rester, mais seuls les inconscients le font vraiment. Qui voudrait s'aventurer *au-delà*? Nous sommes à la frontière de ce que nous connaissons et de ce que nous laisse imaginer notre esprit. Je suis aux portes de l'inconnu…

La rame se range et s'arrête. Pas un bruit. J'ai dessaoulé d'un dixième seulement. Je me lève. Je regarde par les fenêtres. Une autre rame à gauche. De l'autre côté, un mur parcouru de gros câbles et des lumières indiquant la sortie. Suis-je seul ? Est-ce aussi facile ? Je tente d'ouvrir les portes. Peine perdue. Elles sont automatiques. Je discerne une petite passerelle de l'autre côté. Je plaque mon pied contre le bord et glisse mes doigts dans la partie en caoutchouc. Je force. Ça bouge… Soudain, on frappe à la vitre. Je sursaute, manquant de me ramasser. Un conducteur se tient derrière. Sur la passerelle. Il prend un ton rassurant en positionnant ses mains en éventail.

– Vous inquiétez pas, la rame va repartir dans l'autre sens d'ici cinq minutes. Vous avez juste à attendre.

– Je veux sortir.

– Vous pouvez pas, soyez patient.

Il indique les sièges derrière moi. Je me plaque contre la porte et parle plus fort comme s'il ne m'entendait pas.

– Ces portes ne s'ouvrent pas ?

– Pas ici, mais dès que vous serez de retour au terminus, elles s'ouvriront, ne vous en faites pas.

Je fais un signe de la main comme si je chassais une mouche, l'air de dire « Laisse béton ». Chou blanc.

Ce boulot me donne déjà la migraine. Il reste vingt-six pictogrammes à trouver. Vingt-six excursions souterraines. Il doit y avoir une autre solution… Je pose ma tête sur le rebord en polymère blanc. C'est dur. C'est crade. Pourquoi ne pas avoir d'appuie-tête, hein ? Pour les poux, mon pote, pour les poux. Tu ne sais jamais qui était à ta place. Une vibration. Une sonnerie. INferno. Je l'ouvre.

Un match. « Sev »

Je regarde sa photo. Aucun souvenir de l'avoir sélectionnée. Châtain clair. Une frange. De grands yeux. Une cicatrice à l'arcade droite qui la prive d'un sourcil. Je tape quelques mots. Peu inspirés. « Rassure-moi, Sev, c'est pas le diminutif de Severus ? Vieux trauma d'enfance… »

Je ferme les yeux. Mon ventre se noue. Mon nez est totalement bouché et émet des petits sifflements extrêmement désagréables. Je réfléchis. Les pictogrammes se méritent. Ils sont dissimulés. Forcément, sinon ils auraient déjà été découverts. Réfléchis, Plamensen. Il y a forcément…

Une sonnerie. C'est Sev. Elle a répondu. Elle trouve ça mignon qu'on puisse être traumatisé par *Harry Potter*. Pas d'inquiétude, elle s'appelle Séverine.

Le train démarre.

J'ai trouvé. Je m'éjecte du lit et me grille une 100's. Il va falloir que je la joue fine. J'appelle de Breuil. Une fois. Deux fois. Pas de réponse. Coup de flotte sur le visage. J'ai une sale gueule et des cernes mais mon ventre ne me tiraille plus. Je renifle. J'ai dormi tout habillé sous les couvertures. De toute façon, l'immeuble est mal isolé et le chauffage me coûte une blinde. Il fait un froid de canard dans ce taudis. Je saute dans la douche. J'avale deux Codoliprane – le miracle contre la gueule de bois. Les plus malins les gobent juste avant de s'endormir. Moi, j'ai jamais l'impression de « m'endormir », mais j'ai plus exactement une sensation de coupure de courant. Extinction des feux. *BAM.*

Le téléphone vibre. Un message. Armand de Breuil.

A : Je vous avais dit de communiquer seulement sur RecallOne. Qu'y a-t-il ?

En effet. J'ai zappé. Ce mec est parano. Il veut passer par un logiciel crypté. La bonne blague. Mais la planète entière s'en tamponne de la prophétie d'un violeur de SDF. Parano, mister Nash.

P : Il me faut une avance.

J'attends. Une réponse. L'écran se met en veille. Puis :

A : Combien ?

L'avance comble à peine mon découvert mais me permettra d'éviter l'interdit bancaire. C'est l'heure d'aller se ravitailler chez Lidl. Rayon liqueurs. Toutes les bouteilles sont alignées derrière une vitre fermée par un gros cadenas. Le trésor du magasin. Avec les lames de rasoir. Il faut privilégier la quantité à la qualité. J'achète six bouteilles d'un litre cinq de William Peel. Ouais, c'est bien ça, réminiscences de cuites adolescentes ! Ça te prend jusqu'au fin fond des tripes. Ça te tord l'esprit et le ramène à la surface dans un sac de nœuds. 70 % de ceux qui ne vomissent pas finissent, plusieurs années plus tard, avec une cirrhose – ce chiffre est arbitraire mais peu importe. Ceux qui le régurgitent n'y touchent jamais plus de leur vie. Jamais. Sachant ça, je me suis fait vomir la première fois, histoire de conjurer le sort. Mais si j'avais laissé faire, tout serait resté en place et la bombe aurait été amorcée. La caissière me lance un regard méprisant. Bah ouais. Un gars qui en achète autant avec la gueule que j'ai ne ressemble pas à un gars qui s'est fait vomir, mais plutôt à l'autre catégorie : celui qui est déjà mort à l'intérieur. J'ai trente-deux ans. Je suis invincible.

Je sors. La deuxième étape de mon plan consiste à trouver le bon gars. Je m'engouffre dans un métro. Il paraît qu'il a une odeur particulière. Une fragrance qu'on ne retrouve pas ailleurs. Elle serait due à un mélange de moisissure confinée et de parfum déversé tous les jours par la RATP pour contrebalancer. Une tonne huit d'essence de citron lavande jasmin, s'il vous plaît. Pour ma part, je ne l'ai jamais sentie. Il paraît qu'on s'habitue. Il semblerait aussi que la RATP ait arrêté de bombarder ces parfums et ait pris la décision, plus sage, de « laver » les lieux régulièrement. Est-ce possible ? J'en doute.

Je cherche mon gars. Je survole les stations proches des terminus. Je vois des bandes de clochards ubuesques tentant de se réchauffer le cœur entre eux. Je vois un solitaire rapiécé de la tête aux pieds en train de rêver à d'autres horizons. Je vois un alcoolique hagard ayant perdu tout signe de réactivité. Je vois une femme qui pleure. Je vois une enfant pieds nus. Je vois un estropié. Je vois un joueur de guitare qui transpire, car il doit porter avec lui ses sept couches de vêtements pour ne pas se les faire voler. Je vois tous ces visages qu'on essaie constamment d'oublier. Et je vous assure que si on les cherche, on les trouve. Ils sont nombreux. Ils me fendent l'âme.

Je choisis la femme. Je m'assois à côté d'elle et laisse filer plusieurs secondes. Puis, je lui propose une clope. Elle m'en demande deux. J'accepte. Je me penche près de son visage parcheminé.

– Pourquoi tu pleures ?

Elle m'explique qu'elle a peur.

– Peur de quoi ?

– De l'étang…

– Quel étang ?

– Celui dans lequel tu marches.

Elle me désigne nos pieds. Il n'y a rien à part quelques chewing-gums noircis et incrustés dans le sol. Je hausse les épaules.

– J'ai un service à te demander…

Je sors alors une bouteille de mon sac. Elle lève la tête et ses yeux s'emplissent de méfiance dès qu'elles les posent sur le reflet cuivré du liquide.

– J'irai pas faire de trucs bizarres pour ça, j'suis pas une croqueuse ! Chacun son truc, c'est pas le mien !

– Je ne te demande pas ça. Ce que je veux est très simple mais il faut être habile et discrète.

Elle reste méfiante, alors je lui explique mon plan. J'ai besoin qu'elle s'infiltre au-delà du terminus du métro. Et qu'elle recherche un symbole gravé sur les murs, ou tagué, je ne sais pas. Je la couvre de louanges sur sa connaissance hors pair des lieux, des agents de sécurité. Elle est la seule qui puisse le faire. Et je peux la dédommager pour l'effort… Autre chose que de l'alcool si elle préfère.

Elle hésite. Elle regarde ses pieds qui semblent soudés au sol. Je sors la feuille où est imprimée la photo du pictogramme et la lui tends. Elle se raidit soudain et me dévisage comme si j'étais le diable en personne. Elle secoue vigoureusement la tête.

– Non, non, non, non…

– Pourquoi non ?

– Les fils du démon. Ils seront sur nous. Les dessins…

– Ce dessin vous dit quelque chose ?

– Plus jamais, non plus jamais ! Ils m'ont déjà emmenée chez lui ! Chez LUI ! Aux pieds du Minotaure agrafé ! Plus JAMAIS !

– Du calme… Qui ça ?

– Non, non, non, non…

Elle s'emballe. Elle pleure de plus belle et se lève. Je tente de la retenir mais elle se met à hurler. Je la lâche. Elle vocifère quelques interjections dans une langue qui m'est étrangère et, malgré la lourdeur de ses jambes, déguerpit sur-le-champ en laissant ses affaires sur le rebord carrelé de la station. Plusieurs regards se portent sur moi. Je suis vu comme un affreux personnage qui a renvoyé cette pauvre dame dans le froid. On me dévisage. On me méprise. De loin. Mais comme à son habitude, la faune parisienne ne daigne pas se mouiller et chacun retourne sur son smartphone l'air de dire : « Monde de chien, mais qu'est-ce que j'y peux ? Tiens, une notification de mon pote qui… » C'est tout.

À la fin de la journée, j'ai réussi à épuiser mon stock de William Peel. Deux bouteilles m'ont été volées et les autres… Comment vous dire ? La plupart des vagabonds du métro ont réagi de la même manière que la femme et son étang : ils sont devenus fous lorsque je leur ai montré le pictogramme. J'ai compris qu'ils avaient peur du fantôme du Grippeminaud qui rôde encore dans les coins les plus sombres de la « Souricière ». Certains refusent de mettre les pieds dans le métro où certaines de leurs connaissances ont été tuées dans le massacre. Depuis, ils sont plus méfiants. Ils migrent pour d'autres villes et seuls les plus cinglés restent… Ou les moins superstitieux. J'ai cédé deux bouteilles à un ivrogne téméraire qui m'a promis d'aller « jeter un œil » lorsqu'il « aura le temps ». Je n'avais plus rien à perdre. Mais je n'espère rien de lui.

Je sors enfin par la bouche béante des sous-sols pour sentir l'air frais de la nuit sur mon visage. Alésia. La paroisse Saint-Pierre de Montrouge libère quelques âmes pieuses. Les nuages déversent une fine bruine qui vient se déposer sur les manteaux. Je déteste la pluie. Je déteste l'eau. Je veux vivre dans un désert aride sans aucune église ni aucun souterrain à plus de trois cents kilomètres.

Je rentre la tête dans les épaules et emboîte le pas à mes contemporains pressés d'aller scroller dans leurs nids d'oiseaux de douze mètres carrés. Je fais de même, mais un frisson me retient. La faute à ces courts échanges de la journée qui me reviennent par vagues. Des légendes qui hantent les bas-fonds : toutes les victimes du Grippeminaud ont été noyées dans l'ancien bunker. Sauf une. La première. Celle avec qui tout a commencé. Le fantôme du Grippeminaud errerait dans les couloirs du métro pour la retrouver. Il n'aura de cesse de chasser tant qu'il n'aura pas atteint son but. C'est ce qu'ils disent. Et tout ça ne se serait pas produit si le Grippeminaud n'était pas mort *dans* le métro. Mort. Mort. Mort.

Mort comment ? De Breuil a complètement omis ce *détail.*

J'accélère le pas. Je monte les étages de mon immeuble haussmannien, direction le dernier. Ancienne chambre de bonne. Je déverrouille la porte branlante et garde mon manteau nimbé de gouttelettes froides.

– Chérie, je suis rentré !

J'allume le Mac qui rame, qui galère, qui est à bout de souffle malgré sa troisième visite chez le doc Apple. Je tape : « Grippeminaud mort comment ».

Je clique sur le premier article et découvre que Jonathan Mörgn n'est pas mort noyé. Il ne s'est pas suicidé. Il ne s'est pas fait tirer dessus en plein palpitant par un superflic ou poignardé par un SDF bien énervé. Non. On l'a poussé sur les rails ! Petit rire sarcastique. L'arroseur arrosé. Il semblerait qu'un vrai serial killer de SDF sévissait aussi dans le métro à cette époque. Le Pousseur aux mouchoirs. Ouais, ça me revient. Ce type qui demandait un mouchoir à sa victime pour la distraire avant de la pousser sur les rails au moment où un train entrait en station. Glauque. C'est ce type qui a tué Jonathan Mörgn et mis fin à son règne démoniaque. Incroyable. Pourquoi de Breuil ne m'a pas parlé de ce gars ? Ça pourrait être une information utile, non ?

Je continue de faire défiler l'article. Mon esprit s'agite et crée un nœud désagréable lorsque je lis que le Pousseur aux mouchoirs a cessé ses meurtres après cet évènement et qu'il n'a pas été arrêté par la police. Personne ne l'a jamais identifié…

La ligne 11 me projette à quarante kilomètres-heure en direction du nord-est de Paris. Destination : Jourdain. Les bureaux de mon cher client qui ne me dit pas tout. Je fulmine légèrement alors que j'essaie de l'appeler et qu'il ne décroche pas. Je reçois :

A : En rdv, dites-moi sur RecallOne.

P : Le Pousseur, vous comptiez m'en parler quand ?

Je remarque que j'ai un message de Sev. Je lui réponds par un jeu de mots sans plus d'aménité. Pas le temps d'être profond, juste présent. Car j'aimerais éviter une pluie d'injures comme la dernière fois. Monde électrique de l'instantané.

Un grand échalas se cure le nez en face de moi. Une femme renifle. Une autre éternue. Les virus doivent se réjouir d'avoir autant de cibles fragilisées par la pollution et le manque d'activité physique. Confinement. Humidité. Insalubrité. Un paradis. Je me racle la gorge. Le pire avec ces conditions d'hygiène, c'est qu'on a l'impression que notre organisme est en lutte constante, qu'il met six mois avant de se débarrasser de la petite boule velue qui détruit tout. L'ennemi se cache un moment pour reprendre des forces puis revient de plus belle. Un feu sans lumière.

P : Alors ?

Pas de réponse. Il m'exaspère. J'installe son truc en suivant le lien qu'il m'a envoyé. C'est foireux, ça rame au possible. Et d'un coup, ça vibre, ça bipe.

A : Vous n'êtes pas payé pour enquêter sur le Grippeminaud mais sur les pictogrammes. Concentrez-vous là-dessus.

Il me fait rire.

P : Je suis enquêteur au cas où on se serait mal compris. J'ai besoin d'avoir toutes les cartes en main pour faire du bon boulot.

A : Je suis votre client, faites ce que je vous demande ou j'irai m'adresser ailleurs.

Bien reçu. Il ne veut pas. Il ne veut surtout pas que je sache quoi que ce soit de plus que ce qu'il m'a dit. Donc, il sait quelque chose. Donc, il a quelque chose à cacher. J'ai l'impression d'être son petit caniche et parfois je l'accepte, parfois ça me met en boule. Je ne pense plus à mes fuites. Je ne pense plus qu'à ce qu'on cache à ce bon vieux clown de Plamensen trop con pour comprendre.

P : OK, chef.

Mais je ne change en rien mon itinéraire…

Le bâtiment se dresse au pied du marché des Pyrénées où l'affluence est timide par ce temps. Les vendeurs, eux, sont bel et bien là. Debout, les mains gercées. Des boules de vapeur s'échappant de leurs lèvres craquelées. Courageux. Le soleil peine à percer la fine couche de nuages fragiles tissant l'horizon. Et là-haut… Je lève le museau et scrute le dernier étage.

Quelques secondes après, je me glisse dans le hall. Les employés me toisent ; je les ignore et rejoins l'étage où règne mon « client ». Une plaque indique « Maître Armand de Breuil et Associés ». Classe. Spécialisés dans le droit des affaires. Alors, *tripalium* ou pas, très cher Armand ?

Sur la droite, un couloir dessert d'autres bureaux et un espace détente avec machine à café, canapés, comptoir et vue imprenable sur la ville. Sur la gauche, l'entrée du boss. En face, une alcôve pour accueillir les clients. Je fonce dans cette direction, sur la secrétaire qui m'avait déjà fait franchir les portes en acajou du prince des ténèbres lors de notre première entrevue. Une nana très propre sur elle. Des cheveux teints avec soin. Une lueur dans les yeux. Elle semble avoir une vie nocturne riche. Nous sommes dans le palais du faux-semblant. Ne l'oublie pas, mon bon vieux Plamensen. Elle me reconnaît.

– J'ai besoin de voir votre patron. Tout de suite.

– Je crains que ça ne soit pas possible. Il est en déplacement.

J'avais envisagé cette éventualité. C'est presque ce que j'espérais, mais il va falloir être malin. Je pousse un soupir comme si la déception m'accablait. J'opère un demi-arc de cercle du bassin et scanne rapidement ce qui s'interpose entre le bureau et moi. Une porte à double battant. Une serrure. Je secoue la tête.

– Écoutez… J'ai oublié mon carnet de notes sur le bureau du patron. Un petit carnet bleu. Sans lui, je nage en plein brouillard !

– Monsieur de Breuil m'en aurait informée, vous êtes sûr de ne pas l'avoir perdu ailleurs ?

Elle m'agace terriblement.

– Quasi sûr ! Est-ce que vous voulez bien aller juste jeter un coup d'œil pour moi ? Au moins, je saurai si je perds la boule.

Elle hausse les épaules.

– Je suis pas docteur, mon vieux, mais je vais aller voir, sinon je sens qu'on va en avoir pour la journée.

« Mon vieux » ? Je me mords les lèvres. Elle récupère un trousseau de clefs posé sous le comptoir, puis se lève en me regardant avec un sourire en coin. Elle ouvre l'une des deux grandes portes et disparaît. Je tapote. Je sifflote.

Elle revient.

– Rien, c'est ça?

– J'ai regardé partout, vous pouvez me croire.

Putain, n'en rajoute pas.

– Merci…

J'affiche une mine désappointée. Petit garçon triste qui a loupé son contrôle de maths.

–Vous désirez autre chose?

Voilà la phrase que j'attendais!

– Peut-être un petit café pour affronter le froid?

Elle soupire. C'est maintenant. Je démarre mon verbiage, je la crible de mots et lui raconte n'importe quoi. Des conneries sur mon appartement, sur l'enquête. Je la drague de façon respectable. Je baratine et déblatère. Elle hallucine de la tournure que prend la situation. Parfait. C'est ça que je veux. La désarçonner juste assez pour qu'elle n'ait plus qu'une seule idée en tête: fuir ma logorrhée.

Et c'est ce qu'elle fait. Elle me coupe en disant qu'elle va chercher le café et me demande de l'attendre ici. J'opine du chef et, dès qu'elle emprunte le couloir d'en face, j'attrape le trousseau. J'ai identifié la clef. La bonne clef. Je me précipite vers la porte et l'enfonce dans la serrure. En un rien de temps, me voici dans le royaume silencieux du maître des ténèbres.

Ces machines à expresso font un café en moins d'une minute. Moins d'une minute. Je ferme la porte derrière moi, me dirige vers le mur et plonge mes mains dans l'interstice de la moulure en bois. Je fouille, je palpe. Une pièce bouge. J'appuie. Un clic. Les pans du mur s'ouvrent, révélant l'autel du crime. Identique. L'espace d'une seconde, j'ai craint d'avoir fantasmé ce mur des monstres dans mon crâne délabré. Mais non. Il existe. Moins de trente secondes. Mes yeux passent en revue: les photos, les cartes, les dossiers. Armand de Breuil est un homme méticuleux, pourri par le vice, mais méticuleux. Ils sont classés. Forcément. Mais pas par nom, par date d'« activité » et par pays. Je remonte à 2015. Rien sur le Pousseur.

Réfléchis, bon sang, il a ça quelque part.

– Monsieur ?

Merde, merde et merde. Elle est revenue. Elle va remarquer que les clefs ne sont plus là. Où est ce foutu Pousseur ? Il doit avoir un autre nom ou alors… Ou alors il a commencé plus tôt que je ne le crois. Je remonte les années. 2010. 2005. 2000. Il y a plusieurs onglets. Je les balaye et…

Daniel Simon, dit Le Pousseur aux mouchoirs.
Nombre de victimes connues : 17 dont Jonathan Mörgn,
dit le Grippeminaud.

Nom de Dieu.

Les pas se rapprochent de la porte. Je fais disparaître le dossier sous mon manteau et referme le temple du mal. Je ne prends pas la peine de mimer une quelconque attitude décontractée lorsqu'elle franchit la porte. De toute façon, je suis en sueur.

– Qu'est-ce que vous faites là ?!

Je lui envoie son trousseau qu'elle peine à rattraper.

– Je voulais juste vérifier par moi-même, je suis un homme qui ne croit que ce qu'il voit. Et j'ai vu ce que j'avais à voir. Tu as été au top !

Je lui fais un clin d'œil avant de traverser la pièce et de me diriger vers la sortie

– Quoi ? Non, mais attendez, c'est n'importe qu…

– Désolé, tu diras à de Breuil de pas s'inquiéter, l'enquête est en train de prendre un bon tournant.

Je décampe bravement en m'enfuyant par l'ascenseur.

Je m'installe au chaud à l'Interlope Café. Lumière tamisée. Peu de clients. Je me réfugie vers une table dans un angle et commande un whisky. Je vais avoir besoin de réveiller mes méninges.

J'ouvre le dossier du Pousseur. De son vrai nom : Daniel Simon. Le document est rédigé à la main. Celle du grand manitou, qui compose et remplit ses dossiers de cinglés avec soin. Il doit y passer des nuits blanches.

La police n'a jamais pu mettre la main sur ce type, pourtant de Breuil a réussi à récolter une magnifique base de données. Il doit avoir le bras long… Je feuillette le dossier. C'est copieux. De quoi rendre jaloux n'importe quel commissaire de police. Il y a des photos et des informations sur chacune des victimes ainsi que des clichés après les collisions… J'avale mon whisky cul sec et rabats le dossier sur mes genoux pour ne pas laisser d'œil curieux venir se poser sur ces atrocités. Les photos proviennent de la morgue. Bordel, tu dois en connaître des gens pour avoir pu récupérer ça. Méfie-toi de ce type, Plamensen. Il est peut-être plus puissant que tu ne l'as cru. Prudence. Je continue.

De Breuil soupçonne le Pousseur d'avoir commencé à tuer des clochards dès le début des années 2000, avant d'utiliser sa technique de distraction avec sa phrase emblématique qui lui a valu une notoriété. Chaque meurtre est référencé, daté. Il y en a d'autres qui sont classés dans les « probables ». Les informations sont parcellaires pour certaines victimes qui n'avaient pas de carte d'identité. La dernière est le Grippeminaud en personne. Je découvre une photo de l'homme. La seule qui ne soit pas prise sur la table du légiste. Où a-t-il chopé ce portrait ? Ma peau frissonne. Comment l'expliquer ? Il n'a rien de particulier. Cheveux noirs, yeux noirs, sourcils épais, tête allongée, bouche fine, un costard. Rien de particulier mais… il y a ce truc dans son regard. Une pointe d'intelligence froide et déterminée, malsaine. Un petit rictus difficile à définir. En vérité, il est impossible de déchiffrer son expression faciale. Un ou plusieurs détails atypiques insufflent un sentiment de malaise. Je retourne la photo pour échapper à cette tronche de Martien et poursuis ma lecture du dossier du Pousseur.

Section biographie.

On y est.

Un gamin timoré, allergique au pollen, qui a failli mourir lors d'un cross dans un champ à l'école. Il a été la cible récurrente de ses camarades au collège et au lycée. Blablabla. Le topo habituel. Je survole la fiche et mon regard s'arrête sur des chiffres. Une adresse. Son appartement à Paris. Hum, peu de chance qu'il y habite encore, mais juste en dessous : un numéro de téléphone fixe. Les flics seraient aux anges. Vérifions.

Ça sonne. Nous sommes en milieu de matinée. Le type est peut-être en pleine séance de *tripalium*. Un répondeur. « Vous êtes bien sur la messagerie d'Aurélie et Flo, laissez-nous un message si vous avez réellement un truc important à nous faire partager ! KIIIIIIISSSSS ».

Prévisible. Bon, quoi d'autre ?

Je reviens en arrière. Ses parents avaient une ferme dans la Drôme. Peu probable qu'il soit retourné là-bas s'il a eu une enfance difficile, et avec les allergies… J'élimine cette possibilité. Il a fait ses études à Rouen. OK, à creuser. Je remarque dans la marge un nom griffonné avec une encre différente : *Lycia Venette.*

Ce nom me dit quelque chose… Je remonte les pages précédentes et la retrouve. Lycia Venette se trouve dans les fiches des victimes présumées. Trente-deux ans. Suicidée du haut d'un pont (ou *poussée ?*). Une nana qui a tout réussi très vite. Diplômée en droit, elle devient vite indépendante. Elle rencontre le Pousseur à Rouen. Selon des témoignages, il lui « tournait autour » mais elle semble avoir toujours repoussé ses avances. *Harcèlement ?* Puis, elle sombre dans l'alcoolisme, perd son travail, dégringole l'échelle sociale tellement vite qu'elle n'a aucune chance de rebondir. Direction la rue. Jusqu'à ce qu'on retrouve son cadavre sous le pont. Que s'est-il passé entre eux ?

Selon les dates, Lycia serait sa première victime. Il paraît que le premier meurtre cristallise tous les autres. Le tueur tente en vain de retrouver cette sensation intense et inédite qu'il a éprouvée. Comme un jeu de dominos. Une pièce tombe et entraîne les autres. C'est souvent par la première victime qu'il faut commencer les recherches pour comprendre la psychologie du tueur en série.

Je poursuis ma lecture.

Lycia Venette était propriétaire d'une petite maison à Dieppe. La maison a été rachetée en 2015. 2015 ? L'année où le Grippeminaud est mort. Bingo ! De plus, la date est soulignée. Ce qui signifie que de Breuil sait très bien où se planque le Pousseur. Il le sait et il n'a rien dit.

Je regarde l'heure. Il est encore tôt. Paris-Dieppe se fait en moins de trois heures en voiture. *Easy*. Personne ne pensait que ce bon vieux Plamensen était le plus malin, hein ? Je sors du bar en déposant un billet de cinq sur le zinc. Il est temps, pour moi aussi, d'aller prendre l'air marin. De remonter jusqu'au premier domino.

Il est temps qu'on arrête de me prendre pour une courge.

Une masure de pierre se dresse au milieu d'un terrain vague vallonné. Le vent fouette ses murs et s'engouffre sous la charpente dans un sifflement strident. Au loin, la mer vient se fracasser contre les falaises. Humidité maximale. Je suis frigorifié. J'ai l'impression d'avoir organisé une expédition en Antarctique le soir d'une grande biture et de me réveiller le matin en maillot de bain sur le pont du navire. Je rabats le col de mon manteau sur mon cou. Une boîte aux lettres bouffée par le lichen est plantée à l'entrée du chemin. Je vérifie le nom : Adrien Venette.

Je suis sûr que c'est lui. Il se fait passer pour un membre de la famille mais c'est Daniel Simon qui vit dans cet îlot au milieu de nulle part. Son terrain est jonché de nains de jardin moches, des gnomes délabrés. Certains sont fendillés, d'autres sont scindés en deux morceaux, tels des œufs desquels auraient jailli des créatures encore plus repoussantes. Des poupées russes macabres.

La masure possède une annexe avec une porte de grange. Je déglutis lourdement. Est-ce que je vais me retrouver comme dans un de ces films d'horreur ? Cerné par des corps dépecés et des mouches à gogo ? Face à un mur recouvert de dents humaines ?

Allez, arrêtons là les conneries. Ce mec est entre deux âges. C'est un lâche qui pousse ses proies dans le dos.

Je traverse le petit chemin caillouteux et sonne à la porte sur laquelle pend un énorme crucifix. Pas de réponse à part le vrombissement du vent dans les linteaux. Hum. Pas sûr. Je tends l'oreille. On dirait plutôt le ronronnement d'une machine qui semble provenir de la grange. Je longe le côté droit en direction de la grange. Mes pieds s'enfoncent dans une herbe poisseuse alors que je m'approche de la gigantesque porte. Je colle mon oreille contre l'un des deux battants au bois terni par les années. Une machine. Une scie? Une meule? Je hurle:

– Monsieur Venette?

Pas de réponse. Je frappe. Rien. Je tire alors l'un des battants qui grince sur ses gonds. Un homme est en train de poncer un petit nain de jardin en résine dans un grand atelier bordélique. Dès que la porte a coulissé, il redresse la tête. Je reconnais ce visage. C'est lui. C'est bien lui. Avec ses yeux. Cerclés maintenant de lunettes. En plus vieux. Il remarque mon expression hésitante. La ponceuse tourne dans le vide. Le temps se fige. Comme ses traits, puis… il laisse tomber la machine et détale à toute berzingue. Comme un lapin effrayé.

Merde.

Je m'élance. Des morceaux de nains jonchent le sol. Entravent mes mouvements. Je manque de m'étaler de tout mon long. Le Pousseur passe par la porte de derrière. Je lui emboîte le pas. Des bouts de résine craquent sous mes pieds. Je brise. Je casse. J'écrase. On dirait un lit de coquillages. Il court en direction de la maison. De l'herbe vole à chacune de ses foulées. Mon palpitant est déjà en bout de course. Mais je ne le lâche pas. Il entre par la véranda, et j'ai à peine le temps de le voir avaler les marches menant à l'étage deux par deux. Je le talonne. Nous traversons un couloir. Il disparaît derrière la porte du fond, qu'il verrouille.

– Monsieur Simon, bordel, je veux juste vous parler.

Pas de réponse, mais du boucan. Je recule de deux pas et projette mon pied à l'endroit où se trouve le pêne. La porte est vieille. Le verrou s'arrache du mur et je déboule dans la pièce. Soigneusement rangée. Un lit, une armoire, un tapis. Le Pousseur n'est pas là. La fenêtre est fermée. Je me baisse pour regarder sous le lit et alors j'entends – un grincement. Deux grincements. Ils viennent d'au-dessus. Je lève les yeux. Une ficelle pendouille du plafond. Une trappe pour le grenier. Le salaud ! Je la tire. Un escalier se déploie que je monte aussi vite que possible.

Les combles sont poussiéreux et des toiles d'araignée s'agrippent à mes cheveux. Je le vois ouvrir un vasistas à l'autre extrémité. Les mains pleines de documents. Je tente d'escalader les poutres et les paquets de laine de roche en respirant comme un buffle. Je n'ai pas l'habitude de ces courses-poursuites. Je me jette sur sa jambe sur le point de disparaître par l'ouverture. Il se débat et me repousse. Je pars en arrière et tombe sur les reins entre deux poutres, une chaussure dans la main. Je jure, me relève et passe la tête par la fenêtre. Le fou ! Le toit est incliné et les tuiles sont bouffées par la mousse. Je le vois manquer de déraper. Mais il finit par atteindre le bord et entamer la descente. Des papiers s'envolent. Non, mon coco, Plamensen a déjà les reins en compote, je n'irai pas jouer les équilibristes.

Je rebrousse chemin à toute allure. Il faut que j'arrive avant lui. Je sens que mon souffle s'amenuise et que mes poumons brûlants recrachent des salves de CO_2. Au rez-de-chaussée, je traverse les pièces et franchis la véranda au moment où il enfourche un vélo. C'est peine perdue. Il prend un petit chemin de terre qui descend vers la mer.

Je peux encore le rattraper si la route principale rejoint le chemin de terre. Je m'enfile dans l'épave qui me sert de voiture de location et démarre en trombe en direction des falaises. Très vite, je gagne un croisement où je le vois débouler à toute allure. Je freine pour immobiliser le véhicule dans sa trajectoire. Collision. Vélo contre voiture. J'entends un *poc* sourd. Un moment, il est à califourchon sur sa selle ; l'instant d'après, il vole par-dessus le capot. Les feuilles s'envolent comme des confettis, le vélo retombe au sol devant la voiture. Le Pousseur, lui, se retrouve de l'autre côté, les quatre fers en l'air, ses lunettes brisées sur le sol caillouteux. Je reprends mon souffle. Je le vois bouger dans le rétro du coin de l'œil. Le temps de sortir et il est déjà debout en train de courir vers les falaises. Increvable !

– Mais arrête-toi, bordel de merde !

Il boite, et moi, je suis à bout. Je me jette sur lui. Son visage s'écrase dans la tourbe. Je l'agrippe par le tee-shirt et le retourne comme une crêpe avant de lui envoyer une énorme gifle qui a l'effet immédiat de le calmer.

– Bien. Maintenant tu vas répondre à mes questions par oui ou par non, pigé ?

– O… oui…

– Tu t'appelles Daniel Simon ?

– Non.

Je le secoue.

– Te fous pas de ma gueule, lapinou !

– Aaah…

– Aussi connu sous le nom du Pousseur aux mouchoirs.

Il se met à pleurer.

– Alors, allez-y, jetez-moi par-dessus la falaise, j'en peux plus de me cacher, j'en peux plus…

– Arrête ton char et réponds !

– Oui oui ! C'est le nom qu'on m'a donné, vous le savez très bien…

Je le lâche. Il a du mal à reprendre son souffle lui aussi et son corps est agité de sanglots. Sa cheville est enflée. Il n'ira pas loin. Comment a-t-il pu descendre autant de gens ? Il est petit et mince, bigleux, la peau pâle, les cheveux dégarnis. C'est ce gars-là qui est venu à bout du Grippeminaud ?

Je m'étale dans l'herbe à côté de lui et allume une cigarette.

– T'en veux une ?

– Non.

J'exhale une bouffée. J'ai l'impression de revivre.

– Tu cours vite…

Il hausse les épaules.

– Faites ce que vous avez à faire et finissons-en…

Son visage se crispe et il me désigne les falaises du menton. Je me racle la gorge.

– Je ne sais pas pour qui tu me prends mais je ne suis pas là pour te « pousser » de ces falaises… Chacun son truc. Ta conscience te regarde. J'ai simplement des questions.

Il me dévisage de la tête aux pieds et son regard change. Il me pointe du doigt d'un air interrogateur.

– Vous ne faites pas partie de… ?

Je range mon feu et le dévisage.

– De ? Termine ta phrase, faire partie de quoi ?

– Vous n'êtes pas là pour me… tuer ?

– Non, mais tu risques de m'en donner l'idée si tu ne me dis pas immédiatement qui tu croyais que j'étais.

– Vous… vous ne faites pas partie de la Voie ?

– La Voie ?

Il se redresse, pousse un petit gémissement et plaque une main contre son flan. Une ou deux côtes fêlées sûrement.

– Vous êtes qui ?

– Je suis détective… mais ce n'est pas pour te coffrer que je suis là, même si j'en ai bien envie. Je suis un privé et mon client m'a chargé d'enquêter sur la mort du Grippeminaud…

– Vous enquêtez sur la mort du Grippeminaud ?

– Ouaip. Je viens de le dire. Et tu es, de ce que j'ai compris, l'interlocuteur désigné pour m'aider à y voir plus clair…

Il ne sait plus où donner de la tête. Il tourne maintenant le dos à la mer qu'il pensait être son linceul quelques secondes plus tôt. Des traînées de larmes séchées parcourent ses joues et aucun mot ne sort de ses lèvres gercées. Je me lève en faisant craquer mes genoux.

– Écoute, je ne vais pas y aller par quatre chemins. Je peux très bien te traîner dans ma voiture et te déposer au commissariat le plus proche. Le deal : tu parles, je repars et le temps que je fasse mon signalement à la police, ça te laisse le loisir de cavaler comme tu sais si bien le faire. Je pense que ce que tu as fait à ces pauvres gens est abject et je n'ai pas envie de passer plus de temps en ta compagnie, alors on va abréger les négociations, tu veux bien ?

Il pousse un soupir.

– Vous enquêtez sur le Grippeminaud et vous ne savez pas ce qu'est la Voie ?

– Non, mais tu vas me le dire ?

– C'est un groupe d'étudiants qui a monté une confrérie sous ce nom. Elle s'est formée peu de temps après sa mort, lorsqu'il est devenu médiatique. Ces jeunes, totalement givrés, ne le considèrent pas du tout comme un monstre mais plus comme un génie…

– Je serais toi, je serais très prudent quant à l'emploi du terme « givré », parce que je suis actuellement en train de tailler la bavette avec un type qui a tué dix-sept personnes démunies en les poussant sous un métro… Bon seize, en réalité.

Il baisse la tête. Je desserre les dents et tire sur ma cigarette dont les cendres sont emportées par le vent.

– Vous ne savez pas de quoi vous parlez… Peu importe. Ces étudiants ont voulu reproduire son œuvre. Ils se font appeler la Voie, je ne sais pas exactement pourquoi.

– Comment tu sais tout ça ?

– À votre avis ? Je suis l'assassin de leur dieu. Là où les flics ont échoué, je peux vous dire qu'eux ont tout donné pour me retrouver. J'ai réussi à leur échapper à Paris et me suis réfugié ici. Je pensais qu'on me retrouverait avant mais non. Comment avez-vous fait ?

– La petite Lycia Venette que tu as poussée du haut du pont… J'ai fait le rapprochement. Bref, c'est moi qui pose les questions. Tu l'as eue comment cette maison ?

– Je l'ai rachetée. Au prix fort. Je la voulais.

– Ouais…

Je fouille dans ma poche et en sors une feuille que je déplie.

– Ça. Tu sais ce que c'est ?

Il attrape le bout de papier où est imprimé l'un des pictogrammes du Grippeminaud.

– Non.

– Ça ne te dit rien ?

– Absolument rien.

Je cherche à capter son regard. À attraper une lueur qui pourrait trahir un mensonge. Mais que dalle. Le néant. Le flair hors pair de Plamensen…

– Tu n'as aucune idée de la signification de ce symbole ?

– Non, vous les sortez d'où ?

– Laisse tomber… Cette secte, ou confrérie, tu sais qui ils sont ?

– Non.

– Le nom d'un de ses membres ?

– Aucun.

– Ils sont nombreux ?

– Difficile à dire… Lorsqu'ils me sont tombés dessus, ils étaient au moins trois. Ils me traquaient dans le métro. Je n'ai pas pu voir leur tête. Je me suis enfui. Je connais par cœur la Souricière, enfin, vous voyez ce que je veux dire… J'ai pu me cacher. Tout ce que je sais, c'est qu'à l'époque, ils ne connaissaient pas du tout les lieux et les semer a été assez facile. Aujourd'hui…

– Est-ce que le nom de de Breuil t'évoque quelque chose?

– Pas du tout. Je vous l'ai dit, je ne les connais pas…

– Hum…

– Vous allez faire quoi?

Je balance mon mégot par-delà les falaises. Ce type me fait pitié.

– Je serais toi, je déménagerais.

– Vous n'êtes décidément pas moi. J'en peux plus de me cacher…

– Alors rends-toi.

J'embrasse l'horizon du regard. Un coup d'épée dans l'eau de mer. Il ne me reste plus qu'une piste: la Voie. Ils savent sûrement quelque chose sur les pictogrammes. Mais je commence à me demander dans quel bourbier j'ai mis les pieds et s'il n'aurait pas été plus facile d'aller me faufiler derrière chaque terminus pour faire ce qu'on m'a demandé de faire. Cependant, un point me titille: pourquoi de Breuil n'a-t-il pas parlé du Pousseur ni de cette secte?

– Je ne l'ai pas tuée.

Je me retourne vers lui.

– Je ne l'ai pas tuée, pour ce que ça vous importe.

– Qui ça?

– Lycia. Elle a sauté. J'ai tenté de l'en empêcher. Elle a simplement basculé… Son corps a disparu de l'autre côté du pont. Cette vision… Je suis resté les bras ballants. Immobile. C'était fait, elle était partie. Sa vie était devenue un cauchemar. Elle s'était fait violer par un type un soir, en rentrant chez elle. Personne n'a jamais su qui c'était. Ça la poursuivait sans relâche, la forçant à prendre des tonnes d'antidépresseurs, à ne plus savoir comment se tenir socialement. Un jour, elle a dormi sur un banc. Ce jour est devenu des mois. Alors elle est partie… Le problème, c'est que le suicide mène devant le diable.

– Et toi, depuis, tu tues des gens ?

– J'ai honte de ce que j'ai fait. Mais je n'ai jamais pu m'en empêcher. J'avais cette idée en tête qui revenait en boucle. Je poussais ces gens vers, comment dire… leur destin. Je sentais qu'ils n'allaient pas tarder à le faire d'eux-mêmes alors je les poussais. Pour leur éviter d'aller en enfer. Le suicide est la pire des hérésies. Je préfère y aller moi et payer pour eux tous. Ces gens n'ont pas choisi ce qu'il leur arrive, vous savez ?

– J'ai jamais entendu une justification aussi moisie.

– Je sais… Et le jour où j'ai tué le Grippeminaud, quelque chose en moi a changé. J'avais tué un violeur. J'avais vengé Lycia en quelque sorte. Alors j'ai tout arrêté. Je n'ai plus jamais poussé qui que ce soit. Mais tout ça, personne ne cherche jamais à le comprendre.

« Personne ne cherche jamais à le comprendre. » Cette phrase résonne. Le message. Le fameux message. Chaque serial killer laisse un message au monde. Comme le Grippeminaud. Des pensées m'envahissent. Je lui lance un imperceptible hochement de tête et m'éloigne en direction de la voiture. Le message. Je n'ai jamais eu de flair pour quoi que ce soit. Est-ce qu'il y aurait vraiment un message à décrypter dans l'œuvre de tels personnages ? Je démarre le moteur.

|||||

Coincé dans les embouteillages du périphérique parisien, il est 19 h 30. Je consulte mon portable. Un message INferno. Trois messages RecallOne. Pic et pic et colégram, bour et bour et ratatam.

Je commence par le plus facile, INferno : Severus est de retour. Elle a envie d'en apprendre plus sur moi. Ça démarre bien. Il faut que je garde le fil. Que je la tienne en haleine, ne pas lui raconter trop de bobards, mais sans lui balancer des trucs qui la feraient fuir, comme des précisions sur mon métier. Je lui dis que je suis un enquêteur d'assurances en déplacement à Dieppe cette semaine, que je bouge un peu selon les missions, que j'aime flirter avec l'imprévu. J'aime la tournure. J'ai gardé ma petite collection de livres de poche chez moi. Bien rangés. J'ai une culture littéraire. Ça plaît, ça plaît toujours les phrases bien tournées. Je finis avec un brin d'humour sur mon CV social et conclus par l'incontournable : « Et toi ? »

J'enchaîne avec RecallOne : de Breuil est en colère. Il veut récupérer le dossier du Pousseur. C'est un vol, s'il ne le récupère pas demain, il me vire.

Lui, à l'inverse de Sev, ne veut pas savoir *qui* je suis mais *où* je suis. Il veut des résultats fissa. Je suis épuisé. Je n'ai pas un seul pictogramme sous la manche pour le faire patienter. Mais maintenant que j'ai des infos, tu ne peux pas me virer comme ça, l'amigo. Car il y a un truc pas clair dans ce foutoir.

La fumée de ma cigarette envahit l'habitacle. Si je veux rester dans la partie, il faut que je trouve un moyen de lui balancer quelques pictos. Est-ce que je tente un terminus au pif ? Je m'imagine en train de chercher dans le noir, avec une frontale en mode spéléo. Ou alors, est-ce que je me renseigne sur cette confrérie nommée la Voie ? Pic et pic et…

Je rends la voiture de location et rentre chez moi en métro. Je me traîne jusqu'à ma porte d'immeuble. J'ai envie d'une douche chaude et de dormir dix heures d'affilée. Je tape mon code et… rien. Je réitère. Idem. Il n'y a pas ce petit bip signalant que notre mémoire a bien fonctionné, que l'accès à notre nid douillet nous est accordé.

Il n'y a rien. Ils ont changé le code. C'était bien le jour… ou le soir. Et personne ne prévient ! Nous ne sommes que quatre à y habiter, ça ne doit pas être très compliqué d'informer les locataires ! Je sors mon téléphone – 20 h 20, mon proprio doit être encore debout. Ça sonne. Puis :

– Oui.

– Kof kof… c'est moi, Plamensen…

– Oui.

– Il semblerait que le code de la porte ait changé.

– C'est exact.

– Vous avez oublié de me prévenir.

– Pas du tout.

Sa voix est pincée et froide. Je n'aime pas ça.

– Je n'ai rien reçu pourtant…

– C'est normal.

– C'est normal que je n'aie pas reçu le nouveau code ?

– Oui.

– Vous pouvez m'expliquer ça ?

– Plamensen, vous avez deux mois de retard.

– Je vous ai dit que je vous paierai bientôt ! Attendez une minute… vous avez changé le code pour…

– J'ai changé le code car vous ne payez pas. Pas de loyer, pas de logement.

Enfoiré ! Nous n'avons signé aucun contrat puisque aucun contrat ne peut convenir à une porcherie pareille où rien n'est aux normes. Et ce vieux siphonné trouve encore des combines pour perpétuer sa lutte des classes.

– Écoutez, monsieur, comment voulez-vous que je travaille si j'ai pas un toit où dormir ?

– Si vous aviez un travail, vous me paieriez !

– Je suis indépendant, j'ai pas encore touché mon salaire !

– Alors vous dormirez dehors.

– Vous savez la température qu'il fait dehors ?

– Pas mon problème.

– Attendez, juste pour cette nuit, et demain je m'arrange, mais là il est vingt heures, vous allez pas me laisser dormir devant la porte de mon immeuble.

– C'est MON immeuble. Par ailleurs, j'ai changé la serrure de l'appartement également.

Clic.

Il a raccroché. Ce connard a raccroché. J'hallucine. 20 h 22. Et il a changé les serrures ! Je fous un coup de pied magistral dans la porte. Douleur vive dans l'orteil. Je fulmine. J'hésite à le rappeler. Non, réfléchis Plamensen, nom de Dieu, réfléchis. Comment tu peux te démerder pour ne pas mourir de froid cette nuit ?

Je dégaine mon téléphone. Nouveau message sur INferno. Sev a mordu à l'hameçon littéraire. Elle me demande si j'ai un bréviaire. Mon cerveau cogite. Ouais… ça se tente.

P : Ça te dit un verre ce soir pour en discuter ? T'es dans quel quartier ?

J'attends. J'attends. La réponse met une plombe à arriver. Statistiquement, j'ai une chance sur deux qu'elle accepte. En général, il faut patienter un peu plus avant de proposer une rencontre, prendre le temps d'instaurer une confiance, une illusion de relation humaine. Il faut que la fille puisse se dire : « Je vais voir un pote. » Et surtout pas : « Je vais voir un inconnu chelou. » Mes doigts sont endoloris par le froid et j'ai beau fumer, ça ne me réchauffe pas. Je croise au loin un voisin qui fait demi-tour en me voyant. Tous des connards.

Gling.

La réponse se reflète sur ma rétine.

S : Allez !

7°

Je tangue dans un flou. Trop de lignes s'entremêlent. Où suis-je ? Trop de mots confus se fracassent à l'intérieur de mon crâne. Beaucoup trop. Je fais les comptes : deux whiskies d'entrée de jeu. À jeun. Trois ou quatre autres dans la foulée. J'ai fini son cocktail – un truc au Malibu dégueulasse. Ensuite… Ensuite, il y a eu les shots au bar. Un. Deux. Trois. Quatre, avec celui que nous a offert le serveur. Je devrais compter à rebours. Tout recommencer à rebrousse-poil. Je ris. Quelqu'un rit avec moi. Une fille. Des lèvres pourpres. Une rangée de dents alignées comme des couteaux. Où suis-je ? Un couloir ? Pourquoi un couloir ? J'avance, je suis sûr que j'avance. Je glisse peut-être. À moins que le décor défile, porté par des techniciens assidus. Illusion. Je tangue dans un flou. Où suis-je ? Un couloir et une porte. Une fille. Harry Potter est malade ce soir. Il n'ira pas à l'école demain. Mauvais élève. Il aura dix coups de baguette dans le cul ! Je m'esclaffe. On s'esclaffe. À gorges déployées. Sens dévoyés. Je tangue dans un flou. On me rattrape. Elle. Ça ne sert plus à rien de compter. J'ai dépassé la ligne de flottaison, un point c'est tout. De combien de degrés ? Va savoir… Qui demande ? Pas moi. Je m'en lave les mains. Ha ha ha. C'est elle qui rit. J'ai parlé ? Non. Si ? La porte s'ouvre. La scène se déroule comme dans un rêve. Les images sont fracturées, distordues, anamorphosées. La fille. Elle m'invite. C'est elle. Un personnage de roman. Les lèvres pourpres. Je ne fais que penser à ses lèvres. Je pourrais les manger. Tu as faim ? Pas le moins du monde. Elle est coriace, elle tient l'alcool. Plus que moi ? Nooooon. Mon cerveau est fissuré. Il fuit. Mes pensées s'évadent vers d'autres continents. Impossible de les retenir. Elle me parle. Je pane que tchi. On sort du bar. À pied. Sur les longues routes brillantes. Un appartement. Pas le mien. De la chaleur. Pas la mienne. Elle désigne du doigt les toilettes et le sofa. OK. OK. OK. J'ai saisi le topo : les deux endroits les plus importants pour moi à cet instant. J'aime cette lucidité. Elle se marre. Elle me montre un truc. Je ne sais pas ce que c'est. Un flingue. Elle a un flingue et elle se marre. Pourquoi pas après tout ? Des trous. Des trous dans ma mémoire. Des fractures mnésiques. Ma chemise est ouverte. Où est mon manteau ? Où sont mes affaires ? Où est ma voiture ? J'ai une voiture ? Où suis-je garé ? Ses lèvres pourpres s'entrouvrent. Elle a de grands yeux clairs. Verts. Un sourcil nu, sans poil, une vieille cicatrice. Visage pas banal. Intrigant. Les cheveux châtains lisses. Très lisses. Une frange. Depuis le début de la soirée… Je n'arrive pas à rassembler mes esprits.

– Tu veux un tattoo ?

La phrase se perd. Elle rebondit sous ma boîte crânienne. Un écho sans fin. Tu veux un tattoo ? Ça me rappelle ce film… Un alien qui enregistre les phrases humaines et se les repasse en boucle avec plusieurs traitements sonores. Comme s'il y avait quelque chose à analyser, à décortiquer. Elle rit, je ris. C'est l'euphorie ce soir. Je tombe. Elle me redresse. C'est cuit, Plamensen. Ce soir, c'est dodo solo sur le canapé, mais je ne suis pas sûr de pouvoir faire mieux. Je m'écroule. La pièce tournoie. Je suis une bille sur une roulette. Sandra Bullock dans son scaphandre. Je connais la technique. Il faut poser un pied sur le sol pour ne pas vomir. Il faut encore savoir où j'ai mis mon pied et où est le sol. Quelque part par là.

La fille a disparu derrière un rideau mauve. Les lumières se tamisent. Je l'imagine nue sous ses draps. Je rêve. J'hésite à me lever et à me faufiler derrière le rideau moi aussi. Bonsoir, j'ai oublié de vous peloter. Pourquoi hésiter ? Ou alors elle pourrait venir se blottir ici et lentement attraper mon sexe entre ses mains blanches. Vernis pourpre. Elle aime cette couleur sanguine. Des nains de jardin ricanent alors que j'ai un haut-le-cœur, haut-de-forme, haut en couleur. Je sens le sang quitter mon visage. Je me passe une main dans les cheveux. Laisse-toi aller, mon grand. Laisse-toi aller. Ma conscience s'évapore. Je me concentre. Un Mississippi. Deux Mississippi. Trois... Un bruit. Un mouvement. Concentre-toi. Quatre Mississippi... Une sensation. Une chaleur. J'ouvre un œil. Des lèvres pourpres juste au-dessus de moi. Elles viennent se nicher au creux de mon cou. Un rêve ? Oui. Exactement ce que je fantasmais. J'ai une créature en face de moi. Nue. Son corps est bardé de tatouages. Elle se meut langoureusement à califourchon. Comment est-elle arrivée là ? Est-ce le premier acte ou l'entracte ? Trois coups de bâton. Elle disparaît. Puis réapparaît. C'est une sorcière des temps modernes, voilà. Une chamane 2.0. J'entends les tam-tam. Ses seins sont peints. Ainsi que ses bras. Je n'ai jamais vu ça. C'est un tatouage en négatif. Les motifs sont formés par ce qu'il reste de peau. Sinon, c'est noir. Noir comme les profondeurs des abysses. Un noir qui avale les âmes. Noir comme la desserte du prince des ténèbres. Et son dos... Un dos peint. Seule la colonne vertébrale est dégagée. Le reste forme une carapace. Une chitine d'insecte avec des reliefs, des ronds. Je bande comme un dragon. Elle est nue. Je ricane et transpire. Elle fait tout. Elle me manipule et enfourche ma pine desséchée. Elle la recouvre. Elle me recouvre de tout son corps. Elle me baise comme jamais on m'a baisé. Je la touche. Elle repousse mes mains. J'accepte. La mante religieuse. C'est elle qui mène la danse. Les lèvres pourpres vont avoir raison de moi. Me dévorer. Le règne de la reine. La femme peinture. La femme planète. La Femme-Noire-Veuve-Insecte. Mon cerveau s'emplit de suc aphrodisiaque. Je perds pied. Ceux que je n'ai toujours pas retrouvés. Elle tient son flingue. Oui, vas-y. Tue. Elle le plaque contre ma nuque. Il est froid. Il me pique. Il vibre. Je jouis. Elle crie et rit. Elle rit…

Tu veux un tattoo ?

6

Le monde est une immense vase gélatineuse et colorée. Et je flotte à l'intérieur, désossé. La peau rongée par un acide létal. Je ne suis qu'un tas d'os recroquevillé dans une centrifugeuse, projeté à un millier de kilomètres à l'heure à travers la stratosphère.

Un son se répète. Un son que mes synapses ont du mal à identifier. Ma bouche ne ressemble à rien d'autre qu'à un volcan aride. Mes yeux sont deux comètes en fusion. À chaque mouvement, mon cerveau, contracté par le manque d'eau, vient frapper la paroi du crâne. Je connais cette douleur. Je la gère. Je l'appréhende comme tout *Homo ebrius* que je suis.

Je remue. Une voix magique et suave me rappelle à l'ordre, me sort du coma éthylique, me vrille. Elle entonne les premiers vers : « *An old cowboy went riding out one dark and windy day* ». Johnny Cash et son *Ghost Riders in the Sky*. Ma sonnerie de téléphone portable. Son air entraînant est habituellement un bonheur, mais là, elle doit cesser. Ma main, à tâtons, attrape mon pantalon enroulé par terre. Ça vibre et fait trembler les lattes du plancher. Je m'y reprends à deux fois avant d'attraper enfin l'objet de mes maux, les yeux plissés.

– Humfr…

– Allô ?

– Humfr ?

– Monsieur… euh… Pla… Plamensen ?

– Ouais… c'est quoi… ?

– Vous imaginez pas comme j'ai galéré !

Je passe la paume de ma main contre mon front en espérant qu'une simple pression soulage ma peine. Vaine illusion. Je regarde le numéro : inconnu.

– Hein ?… C'est qui ?

– C'est vraiment pas facile, vous comprenez, il faut être patient, bon, vous allez me dire, il ne nous reste que ça, la patience à nous, oui, et vous aurez sans doute raison, mais quand même, c'est pas facile, alors, il me faut une carotte, vous saisissez ? Sans motivation, c'est plus dur, voire impossible parfois, vous saisissez ? Vous avez été très généreux la dernière fois, je ne remets pas ça en question, non surtout pas, je n'oserais pas, ce n'est pas tous les jours qu'on nous rince de la sorte, et surtout pour un boulot, vous comprenez, nous on veut bosser, c'est pas une question de mauvaise volonté, on ne demande que ça, mais avec ce froid, il faut de quoi se réchauffer. C'est normal, sinon on ne tient pas, on ne tient jamais la nuit. Y en a qui essaient, mais ils ne tiennent pas, alors…

– Mais c'est qui, bordel de merde ?

– Hervé Lamentelier, pardi.

– Connais pas !

– Vous m'avez demandé de trouver vos… Comment vous appelez ça, déjà ? Les dessins, là !

– Quoi ?

– Bah oui, les dessins, vous savez dans les terminus. C'est bien vous, non ?

Je me redresse immédiatement. Mon cerveau rebondit une bonne vingtaine de fois dans sa boîte crânienne avant de se stabiliser. Mes yeux font des allers-retours imprécis dans le vide. Mes idées se reforment comme une goutte de mercure.

– Répète un peu ça.

– Répéter quoi ?

– T'es le gars à qui j'ai filé deux bouteilles ?

– Ouais, enfin, c'était en gage d'un boulot, quand même, je ne suis pas un mendiant, enfin si, la plupart du temps, mais lorsqu'on me propose un deal, je fais les choses bien, vous voyez, je suis propre, enfin pas au sens propre, tiens ! C'est drôle, j'ai dit…

– OK, OK ! Stop. Tu m'appelles pour me dire que tu veux encore de la tise ?

– Pas exactement… je ne bois pas.

– Tu te fous de moi ?

– Je les ai revendues, mais c'est pas pratique, tout travail mérite…

– Comment t'as eu mon numéro ?

– C'est vous qui me l'avez donné, sur une petite carte. Là, j'utilise le portable d'un ami qui me l'a prêté mais il n'a pas beaucoup de forfait, alors si on pouvait se donner rendez-vous…

– Se donner rendez-vous ?

– Oui, histoire de négocier…

– Négocier quoi ?

– Le salaire de ce boulot…

– Ha ha, très drôle. Le deal, c'était de trouver ce que je t'ai demandé, pas de m'appeler pour renégocier.

– Mais, monsieur Plamensen…

– Quoi ?

– J'ai déjà trouvé vos… comment que vous les appelez déjà, vos dessins ? J'en ai déjà trouvé, mais il m'en manque encore alors…

– Quoi ?

– Je…

– Tu as trouvé les pictogrammes ? Ceux que je t'ai demandés ? Dans les terminus ?

– Bah oui…

– Combien ?
– Bah, une petite dizaine…
– Dix ?
– C'est pas bien ?
– Et tu pouvais pas commencer par me dire ça ?
– Pourquoi que vous gueulez comme un veau ?

Je secoue la tête et détends mon cou. Mon sang fait *bang*, *bang*, *bang* lorsqu'il se diffuse dans mon système veineux.

– Je fais des vocalises le matin. Rendez-vous dans trente minutes là où on s'est rencontrés la première fois. Avec les dessins.

– OK, mais attendez… Il me faut un appareil photo, je…

Je raccroche.

En me levant, je manque de m'évanouir. Baisse de tension soudaine. Je me reprends. Merde, c'est quoi cet appartement ? Je regarde tout autour. Des rideaux mauves épais comme au théâtre, un tapis mauve, des bibelots rouges, une lampe à abat-jour pourpre. C'est un appartement de fille. Bien. Gothique ? Rassemble tes idées.

Sev. Severus. Séverine. Des bribes me reviennent. Est-ce qu'on a couché ensemble ? Je touche mon sexe comme s'il allait me répondre. Aucune capote dans les environs. J'ai peut-être fantasmé. Des flashs. Ses tatouages. Sa chitine. Un rêve ? Je me dirige vers le fond de la pièce, le rideau. Je le soulève doucement. Un lit. Vide. Que s'est-il passé ? Mes yeux se posent sur une horloge murale. Il faut que je me bouge. Je ne peux pas laisser mon gars me filer entre les doigts et je dois dégoter un appareil photo. Si ce qu'il m'a dit est vrai… Je vais pouvoir gagner du temps. Dix pictos. Incroyable. Si j'avais su que ce plan marcherait…

Je me rhabille. Je passe dans la cuisine, attrape une des tasses qui jonchent le plan de travail débordant de vaisselle sale. Je la remplis à ras à trois reprises. D'eau. Je m'essuie la bouche avant de franchir la porte d'entrée.

|||||

Lorsque je débarque sur le quai de la ligne 4 à Saint-Michel, j'ignore comment reconnaître mon bonhomme. Je n'ai aucun souvenir de lui et ne sais donc pas du tout quoi chercher. La gueule de bois vous ramène en dessous du niveau de la mer de vos capacités… Quelqu'un me fait signe tout au bout du quai. Un grand gars. Avec une queue-de-cheval. Impossible de distinguer autre chose depuis cette distance. Il se met à hurler :

– Grouillez ! Il arrive !

Qui arrive ? Je regarde derrière moi. Il y a plusieurs personnes mais aucune ne réagit. Ce grand gars ressemble à un SDF. Ça doit être lui. Mais qui arrive ? Il semble pressé.

– Magnez-vous !

Je m'approche de lui prudemment. C'est alors qu'entre en gare le métro dans un bruit assourdissant. Les portes s'ouvrent et mon bonhomme s'engouffre dedans. Je me fais bousculer par la cohorte des passagers alors que la sonnerie retentit. Je dois jouer des bras pour me faire une place à l'intérieur. Me voilà une fois de plus en train d'accomplir une performance sportive. Je n'ai pas choisi ce métier pour ça, je n'ai pas le corps adapté. Je pousse et parviens *in extremis* à me faire une place avant que les deux portes automatiques ne s'abattent comme un couperet. Hervé se faufile jusqu'à moi facilement, lui.

– Qu'est-ce que vous foutiez ?

– Du sport.

– Vous avez failli me faire arriver en retard…

– En retard ? En retard à quoi ? Et les pictos ?

– Chaque chose en son temps.

Il m'entraîne là où il y a moins de monde. Il se racle la gorge et se tourne vers les passagers sagement tassés dans la rame.

– Mesdames et messieurs, je sais que tous les jours vous êtes sollicités par des personnes dans ma situation et que, vous aussi, vous avez probablement des problèmes pour boucler vos fins de mois – grâce, notamment, à notre cher président qui nous ponctionne les APL et allège l'ISF –, je sais combien cela peut être difficile. Néanmoins…

Je le regarde débiter son texte tel un artiste de rue. Il le connaît et le récite à la perfection, mais c'est vivant, presque spontané et humain. Chapeau. Le type interagit avec son public et arrive à décrocher un sourire à une jeune femme. Il sait que ce ne sont pas ceux qui possèdent des sautoirs en or et des tailleurs Dior qui ouvriront leur porte-monnaie. Ceux-ci pensent : cet homme est dans cette situation parce qu'il l'a choisie. Quelle idée de l'aider ? Le mot « aider » leur râpe même le fond de la gorge. Quelqu'un les a aidés, eux, à devenir des requins ?

Hervé s'avance dans la rame et continue à faire de l'esprit, à embellir le morne quotidien. Si ça ne mord pas, il laisse les gens dans leur bulle, celle conçue pour supporter leur condition de bétail. Hervé rebondit sur le titre d'un livre. Hervé récolte quelques pièces. Hervé fait une courbette. Le train s'arrête. Il tire sa révérence et sort en me faisant signe de le suivre.

Il se précipite dans l'autre wagon et je n'ai d'autre choix que de l'imiter.

– Un conseil : ne pas perdre la cadence, sinon c'est foutu.

– Merci, je retiens le conseil. Maintenant arrête-toi cinq secondes, on doit causer toi et moi.

Je lui tends le sac contenant deux autres bouteilles et un appareil photo jetable.

– C'est quoi ?

– Bah, de la tise et l'appareil que tu m'as demandé !

– Ah. Non merci, tu peux garder l'alcool, j'ai arrêté.

– Arrêté ?

– J'ai besoin que de l'appareil…

Ce type commence à m'inquiéter. Il ne ressemble pas à l'image que je m'étais faite du clochard de base. Il est rusé et intelligent avec ça. Est-ce que je dois me méfier ?

– Tu as les pictos ?

Il me gratifie d'un clin d'œil et immédiatement se retourne vers ses spectateurs.

Je n'ai pas le temps de le retenir. La rame avale les kilomètres. Les lumières défilent. Les gens sont mitigés. Certains réagissent à ce qu'il dit. D'autres se renferment. Il ne récolte pas à tous les coups mais s'en tire avec les honneurs. Je commence à me lasser.

– Hé, je ne vais pas te regarder faire ton show toute la journée. Les pictos !

– C'est l'heure du déjeuner, c'est là qu'on se fait le plus de pognon.

Il fouille dans sa veste et en sort un petit carnet rouge délabré tout en changeant de rame.

– Suivez-moi.

Il me montre l'intérieur du carnet qu'il tient fermement d'une main. Je reconnais quelques symboles au moment où il le referme.

– C'est bon ?

– Comment ça, c'est bon ?

– Ce sont bien les pictos ?

– Ouais.

– Alors maintenant discutons.

Nous y voilà.

– Tu veux quoi en échange de ce carnet ?

– Qu'est-ce que je veux ? Pas d'alcool dans tous les cas. Mesdames et messieurs…

Il reprend son cirque. Je traverse avec lui la mer de passagers. Certains me dévisagent et un autre me tend une pièce. Je la récupère par automatisme, totalement sonné par ce qui est en train d'arriver. Je me ressaisis et attrape Hervé par le col.

– Arrête ton char et dis-moi ce que tu veux, merde !

– Eh ! Du calme, il y a des gens. On vous a donné une pièce, vous pouvez la garder, il paraît que ça porte chance, la pr…

– Stop ! J'ai pas que ça à faire, tu veux quoi ?

– Moins fort, on nous regarde. C'est mon gagne-pain, souvenez-vous. Je suis au taf, là ! Et lâchez-moi, voulez-vous ?

Je relâche ma prise et place mon coude contre la carlingue du métro, au-dessus de la tête d'Hervé.

– Alors ?

– Un toit.

– Pardon ?

– Chut ! C'est encore les vocalises ? J'ai dit : je veux un toit. Pas pour moi, pour ma sœur et ses filles.

– Tu te fous de moi ?

– Pendant trois semaines, un mois. Le temps que je leur trouve quelque chose.

– Un mois ?

– Ou trois semaines.

– Tu rêves là.

– Elles crèvent de froid dans la rue, je peux pas les laisser comme ça. Les filles sont jeunes…

– Tu veux qu'elles crèchent chez moi ?

– Peu importe, j'ai besoin d'un toit. Un toit contre le carnet et tout le reste de vos… pictos.

– Non.

– Alors, démerdez-vous tout seul pour les trouver.

Le métro s'arrête, il passe sous mon bras et sort. Ce type est loin d'être le dernier des imbéciles. Sur qui suis-je tombé ? Je lui colle au train et monte dans le dernier wagon.

– Écoute… Hervé, c'est ça ? Je me suis fait virer de chez moi hier, je n'ai plus de toit où dormir, moi non plus. C'est la vérité. Mon appartement dépend de la bonne réussite du travail que je t'ai confié. Si tu me rapportes les pictos rapidement, en trois jours c'est réglé, tu comprends ?

Il réfléchit. Me dévisage de la tête aux pieds. Mon odeur et mon accoutrement doivent valider mes propos. Cette fois-ci, le train démarre sans qu'il se lance dans son laïus.

– J'ai quoi comme garantie ? Je veux une garantie.

Je plonge ma main dans la poche de mon pantalon.

– Tu prends mes clefs d'appartement. J'ai pas de double. Lorsque tu as les pictos, je paie mon loyer et on y retourne ensemble. Et tu pourras y laisser ta sœur trois semaines…

– Ma sœur et ses deux filles, un mois.

– OK, un mois.

– C'est quoi l'adresse ?

– Je te la file quand j'ai les pictos, c'est donnant-donnant.

Sa bouche se tord. Il tourne les clefs dans sa main. Il me scrute et plonge ses yeux bleus dans les miens, puis me tend le carnet rouge.

– Allez ! Je te crois ! Et j'ai assez d'infos sur toi pour trouver où tu habites.

– Hein ?

– Ouvre les dernières pages. Le reste, ce sont des conneries. Des idées de chansons et de poèmes. Comme vous ne m'avez rien donné pour les récupérer, j'ai dû les dessiner. J'ai emprunté le carnet à un pote qui joue de la guitare. Vous pouvez lire ses textes, je les trouve pas très bons personnellement mais ses chansons sont rythmées, c'est bien pour… Oh merde, je vais pas avoir le temps… Mesdames et Messieurs ! Je sais que…

Le voilà reparti. J'ouvre le carnet à la fin. Nom de Dieu. Il y a un picto par page avec le nom des stations correspondantes. Il a même recopié les petits chiffres en dessous. Je compte : neuf pages. Ouais, c'est pas mal du tout. Je les compare dans ma tête à ceux que m'a montrés de Breuil… Le style correspond. Mais, il me semble lui avoir montré un exemple : il aurait très bien pu les inventer. Surtout qu'il y en a deux identiques. C'est quoi cette arnaque ? Je le regarde faire son guignol. Est-ce qu'il bluffe ? Ou est-ce qu'il a vraiment été capable de se faufiler au-delà des terminus ? Bon, je n'ai rien à perdre… pour le moment. Mes clefs ne me servent plus à rien.

Dès qu'il a terminé, je fonce à sa suite. Nous sortons du métro. Le prochain arrive dans trois minutes. Je lui tends le sac.

– Hervé, nous avons un deal. Voici l'appareil photo. Garde les bouteilles, donne-les à qui tu veux. Par contre, j'estime que tu peux me trouver neuf sigles en une journée. Il y en a trente en tout, entre ceux que tu viens de me donner et les quatre que j'avais déjà, ça t'en fait plus que dix-sept à trouver. On va dire qu'il te faut donc trois jours. Tu as mon numéro, tu te débrouilles pour m'appeler s'il y a le moindre problème. Sinon, dans trois jours, on se retrouve sur le quai de la 4 à Saint-Michel.

– Oui, mais…

– Autre chose : pourquoi il y a deux dessins identiques ?

– Bah… c'était le même signe à deux endroits différents… J'ai noté le nom des stations…

Deux sigles identiques, à deux endroits différents…

– Et si je me fais gauler par les flics, j'appelle ?

Il me regarde avec un œil sarcastique, connaissant déjà ma réponse.

– Je ne suis pas flic, je ne pourrai pas t'aider.

– Je ne fais rien de mal, de toute façon, n'est-ce pas ?

– C'est ça

– Bon, j'y vais, il semblerait que j'ai du pain sur la planche.

– Attends, une dernière chose. Tu as entendu parler d'un « fantôme du Grippeminaud » qui reproduit ses actes ?

– Ouais.

– Tu n'en as pas peur ?

– Non, un fantôme ne peut pas avoir peur d'un autre fantôme.

– Tu es un fantôme ?

– Bah oui, pour tous ces gens-là, je suis un fantôme, pour toi aussi. Je n'existe pas.

– Et… si ce n'était pas un fantôme ?

Il hausse les épaules et m'envoie un clin d'œil.

– Je ne crois qu'au présent, monsieur Plamensen. Un problème à la fois. Et vous devriez arrêter de vous gratter, ça va vous faire des trous.

– Quoi ?

Je remarque à l'instant que ma nuque me démange et que je n'ai pas cessé d'y passer mes ongles.

– L'encre, elle va partir avec la peau si vous grattez trop.

– De quelle encre tu me parles ?

– Bah celle de votre tatouage !

– Mon quoi ?

Je me palpe la nuque comme si mes doigts pouvaient voir alors qu'Hervé disparaît dans la foule. Puis je sors mon portable et prends une photo de ma nuque. Lorsque mes yeux se posent sur le résultat, mon cœur fait un bond et j'ai l'impression que mes jambes se dérobent. Outre le fait que la peau est à vif, un putain de tatouage se trouve incrusté dedans, derrière mon oreille gauche. Un petit chat mal dessiné qui tire la langue. Les contours bavent.

Soudain, mon cerveau fait la connexion. Tout s'agence et je peste. Je pense à Séverine. Ce qu'elle tenait dans la main n'était pas du tout un flingue mais un dermographe de tatoueur. Je déteste les tatouages. Je déteste les chats. Quelle espèce de tarée fait un tatouage à quelqu'un à son insu ?

La rame arrive en trombe. Moi, je remonte les marches en direction de la sortie, indiquée par un grand panneau bleu. Un bleu sombre. Pas comme le ciel azuré ou la mer. Un bleu sale. Celui d'un étang vaseux. Mes doigts viennent frotter le tatouage. Il paraît qu'on peut l'enlever au laser. Ça coûte un bras. Les risques du métier ? Mon cul !

Je lève le visage vers le ciel gris. J'ai les pictogrammes, tout va bien. Respire. Je vais pouvoir rassurer de Breuil et lui dire que des photos arriveront bientôt comme preuves. Mais il y a autre chose. Je repense à cette histoire de fantôme. La secte. La Voie. Ce sont eux. Des copycats. Ils reproduisent l'œuvre du Grippeminaud. Pourtant, j'ai l'impression de passer à côté d'un détail essentiel. Réfléchis. Il y a quelque chose qui ne…

Mais oui, bon sang ! La femme qui pleure. Je me souviens maintenant de ses propos. Mot pour mot. « Les fils du démon. Ils m'ont emmenée chez lui. » Elle a dit *chez lui*. Elle a bien dit : *chez lui*. Chez qui ? Le Grippeminaud ? Cette femme qui a été victime de la secte a été emmenée quelque part ! Il faut que je sache où. Et donc que je la retrouve. Non, c'est stupide, ça serait comme chercher une aiguille dans une botte de foin… Pourtant… Réfléchis, Plamensen, tu oublies un point essentiel. Est-ce tout ce qu'elle a dit ? Elle a parlé d'autre chose. Réfléchis, bon sang. J'ai un mal de tête insupportable…

Clac.

Bruit de mon cerveau qui se déverrouille. Ça y est. Ça me revient. La phrase exacte était : « Les fils du démon. Ils m'ont emmenée chez lui. Aux pieds du Minotaure agrafé. »

Ma cigarette se consume sans l'aide de mes poumons car toute mon attention est focalisée sur mon portable. Je suis courbé au-dessus de lui tel un oiseau de proie. Mon esprit est trop concentré pour ressentir le froid sur la terrasse soi-disant chauffée – ou bien est-ce mon mal de crâne qui prend le pas sur tous les autres maux ? De Breuil a essayé de m'appeler trois fois. Je n'ai pas répondu. Pas le moment. Je viens de passer en revue les pages que m'a proposées Google Images avec l'intitulé de recherche : « Paris Immeuble Minotaure ».

Plusieurs résultats possibles. Je procède, comme on me l'a appris, par élimination.

Il y a *Thésée affrontant le Minotaure* exposé au musée du Louvre et sa reproduction dans le jardin des Tuileries. J'élimine car aucune habitation à côté.

Je trouve aussi une tête de taureau accompagné d'un daim dans le jardin du Trocadéro, idem, ça n'a pas de sens.

Je fouille parmi les moins connues. Quelques œuvres d'artistes de rue. La première est celle d'un prénommé Levalet qui se trouve au 8 rue des Hospitalières-Saint-Gervais.

Il s'est servi d'une sculpture déjà existante de tête de taureau qu'il a prolongée en peignant le corps d'un homme. Le trompe-l'œil est réussi. La créature tient une feuille de papier sur laquelle elle dessine son dédale. Comme un plan. Comme une carte au trésor offerte au voyageur. Cette piste est valable. Mais avant d'aller sur place, je dois encore glaner quelques informations pour m'éviter un trajet inutile. Je me renseigne sur la rue des Hospitalières.

La fresque orne le mur d'un bâtiment public. Une école. Rien d'habitable « aux pieds » de ma créature qui est d'ailleurs assise. Bon. Ma pleureuse aurait très bien pu voir ce dessin d'un immeuble en face ? Ou n'avoir vu que le buste ? Le Minotaure agrafé. Oui, je tiens peut-être un truc. Je poursuis les recherches.

Le peintre : Levalet. C'est un artiste qui a l'habitude de détourner les éléments du quotidien pour en faire des œuvres d'art. Il a toute une panoplie de créations à son actif, mais je lis : « il efface ses œuvres au bout d'un an ». Aïe. Mon Minotaure a été conçu en 2007 – trop ancien pour coïncider avec la secte post-Grippeminaud. Le Grippeminaud n'étant d'ailleurs même pas en activité à cette période. Cette piste devient froide.

Seconde possibilité – peut-être une impasse, mais il faut que je tente le coup.

Un tag de l'artiste Bonom, situé au 62, rue Traversière dans le XIIe arrondissement. Juste après les arches de l'avenue Daumesnil.

Il représente un Minotaure aux mains démesurées. Il se dresse fièrement contre la paroi d'un immeuble. Ça colle avec ce qu'a dit la femme : on a l'impression que l'entrée de l'immeuble se trouve aux pieds de la bête. Je fonce sur Google Maps. Je clique sur le petit bonhomme jaune qui me projette dans Google Street. Je me promène dans la rue en question. Et… je retrouve la fresque. Elle est là. Ce quartier coïncide totalement avec sa personnalité. Un peu bobo mais pas trop. Calme mais desservi par plusieurs lignes de métro. Bon, ne nous emballons pas. Je le note et m'apprête à passer à une autre image lorsque mon regard accroche quelque chose sur la photo. J'ai du mal à comprendre ce que c'est. Zoom.

Des barreaux d'échelle, en métal. Alignés le long de son corps.

De loin, on le croirait zébré d'une cicatrice recousue…

Avec des agrafes !

Aux pieds du Minotaure agrafé ! Je frémis. C'est ici. C'est lui. C'est exactement aux pieds de ce monstre qu'a été emmenée cette femme !

En chemin, j'envoie un message à de Breuil pour le tenir en haleine.

P : J'ai déjà 9 pictos, pas de panique, je gère.

Le métro m'embarque dans le XIIe arrondissement. Là où tout a commencé. Il est temps de mettre les mains dans la fiente…

Je descends à Ledru-Rollin et me retrouve rapidement face à l'immeuble haussmannien du 62. Je lève les yeux et aperçois la créature de Bonom, plaquée contre la façade. Titan gardien de l'antre du mal. Il semble dévisager le passant et lui suggérer de changer de route. Ses jambes sont dissimulées par le toit d'un autre immeuble. Mais on peut facilement imaginer qu'il se tient debout. Un sceptre à la main. Un bâton noueux pour fustiger les plus téméraires.

La porte est verrouillée par un digicode. Décidément… Je n'ai pas eu la patience d'attendre devant chez moi, je ne vais pas le faire ici non plus. De chaque côté : deux magasins – fermés. Définitivement ? Je frappe à l'un d'eux. Rien. L'autre possède une petite porte en bois de la même couleur vert d'eau que la devanture. Je frappe et perçois un bruit provenant de l'intérieur. Je frappe de plus belle. Lentement, la porte s'entrebâille, sa course arrêtée par une chaîne.

– Si vous êtes Témoin de Jéhovah, je ne suis pas intéressée !

La voix est fébrile. Celle d'une vieille dame. Je peine à discerner quoi que ce soit. L'intérieur est plongé dans l'obscurité. Je me racle la gorge.

– Non pas vraiment, je ne prêche pour aucune paroisse, ma brave dame…

– Alors quoi ?

– Je… j'ai oublié le code de l'immeuble attenant au vôtre, le 62. J'ai rendez-vous avec un ami…

– C'est qui ?

– Qui ça ?

– Votre ami ?

L'heure de vérité. Je dois jouer le tout pour le tout pour confirmer ma piste.

– Mörgn… Jonathan Mörgn.

La vieille amorce un début de réponse et se tait. Une longue seconde.

– Vous êtes journaliste ?

Elle connaît le nom. Je suis sûr qu'elle connaît ce nom. Je suis au bon endroit !

– Non, madame, je ne vais pas vous la faire à l'envers, je suis détective privé et j'ai besoin d'avoir des renseignements sur l'appartement qu'occupait monsieur Mörgn.

Je vois son œil rond et humide apparaître dans le trait de lumière de l'ouverture. Je sens une forte odeur de renfermé. Elle me scrute des pieds à la tête.

– Je ne vous ferai pas entrer.

Je pousse un soupir d'exaspération.

– Mais monsieur Mörgn habitait bien ici ?

– Oui, mais l'appartement a été racheté par quelqu'un d'autre en 2015. Il n'est plus là et cet immeuble n'a plus rien à voir avec lui !

La porte se claque violemment sous mon nez dans un relent de fragrance moisie. L'appartement a été racheté en 2015. L'année de la mort du Grippeminaud. Je lève les yeux vers les fenêtres. Il y a trois étages. Tu n'as jamais été aussi près du but, mon vieux

Plamensen. Tout le monde te prend pour un lapin de trois semaines, mais en plus de récupérer les pictos, tu es sur le point de pincer cette bande de dégénérés. Tu vas devenir un héros. Et plus personne ne te regardera de haut. Nan. Allez, on se secoue et on entre dans ce foutu immeuble.

Je fais le tour du pâté de maisons et atterris rue de Prague, de l'autre côté. J'avance le long du trottoir et repère le bâtiment adjacent au 62, rue Traversière. C'est un restaurant. L'Origan. Je n'hésite pas une seconde et franchis l'entrée. Décoration faussement chic et aseptisée. Des petites jarres où baignent quelques feuilles de menthe trônent au milieu de chaque table. Un jeune homme m'accoste.

– Bonjour, monsieur, c'est pour déjeuner ?

– Bien sûr que c'est pour déjeuner. Nous serons douze.

– Ah… Vous avez réservé ?

– Que nenni !

– Mmmh, je vais voir ce que je peux faire pour vous.

– Merci, en attendant, veuillez m'indiquer les toilettes, s'il vous plaît.

– Oui, deuxième porte à gauche.

– Bien.

Le serveur repart aussi sec. Je le laisse s'entretenir avec son collègue alors que je me glisse dans le fond du restaurant. Mes yeux balayent les alentours rapidement. Les chiottes. La cuisine. J'ouvre les toilettes. Pas de fenêtres. Il ne reste qu'une option.

Je déboule comme une tornade dans la cuisine. Un jeune homme aux cheveux bouclés sursaute. Il est seul. C'est parfait. Je profite de sa stupeur.

– Inspection sanitaire !

– Quoi ?

– Tu m'as très bien entendu, fiston !

– Mais…

– Y a pas de « mais », on commence directement par les poubelles, après je viendrai vérifier ici.

– Les…

– Les ordures, ouais, vous avez bien une cour où vous entreposez vos déchets ? Il y a des règles très strictes et on a reçu des plaintes…

– Des plaintes ?

– Affirmatif ! De la voisine qui habite rue Traversière, elle se plaint d'odeurs nauséabondes…

– Mais…

– On ne discute pas, je viens faire mon boulot, tu me montres que tout est en ordre et la voisine ferme son clapet, je rentre tôt chez moi et toi, t'as pas d'ennuis. Tout le monde est content ! Bon, elles sont où ces poubelles ?

– Euh, bah, là-bas derrière…

– « Euh, bah », allez, t'attends quoi pour m'y emmener ?

Le gamin se précipite au fond de la cuisine. Il passe une petite porte coulissante. Je lui emboîte le pas et nous atterrissons dans une arrière-cour, tout ce qu'il y a de plus sinistre. En face de moi se dresse un muret, derrière ce muret, la cour extérieure de l'immeuble du 62, rue Traversière.

– Elles sont là…

– Pardon ?

– Les poubelles sont là.

Il me désigne du menton un petit auvent.

– Ah oui ! Je vois…

Je me mets à inspecter les deux grosses poubelles en plastique. Le gamin m'en pointe une du doigt.

– La verte est pour les ordures ménagères…

– Je connais le code couleur petit, c'est mon boulot. Par contre, j'observe que vous n'avez pas le SlidLoc.

– Hein ?

– Aïe… C'est un système de fermeture qui permet aux odeurs de pas remonter. C'est la norme, petit.

– Jamais entendu p…

– Normal, c'est nouveau. Bon, va me chercher le gérant… Il va falloir qu'on cause.

– Ça va pas me retomber dessus ?

Je m'allume une cigarette.

– Je lui dirai que tu as été exemplaire.

Je le gratifie d'un clin d'œil et il me répond d'un petit sourire crispé avant de retourner en cuisine.

C'était presque trop facile. Lorsqu'il sera revenu, Plamensen aura disparu. Volatilisé. J'aurai passé le portail des Enfers.

Je m'approche du muret et utilise le pot d'une plante morte pour me hisser par-dessus. Je suis grand. Un jeu d'enfant. J'atterris de l'autre côté. Dans une cour en béton sommaire. Deux portes. Une en bois qui semble conduire à la cave ; l'autre, dans le hall. Je prends une grande inspiration, jette ma clope et fais pivoter la poignée.

Ouf.

La porte du hall s'ouvre. J'entre dans les ténèbres à l'instant où j'entends, de l'autre côté du muret, le serveur revenir avec son chef et s'étonner de ma disparition façon Gérard Majax. *Yerk yerk yerk.*

Un silence de mort règne ici, à peine perturbé par le lointain fond sonore d'une émission télévisée conçue pour ceux qui aiment liquéfier leur matière grise. Je m'approche des boîtes aux lettres. Girardot, Barth, Guignard, Pastene, Faucheux, Fraisse, Many, Lopez et… une étiquette arrachée. Je passe mon doigt dessus. La boîte déborde de publicités. C'est toi. Je le sais. C'est toi, Mörgn, qui avais ton nom dans ce panthéon. Je repère la cage d'escalier et commence l'ascension.

Chaque marche grince ostensiblement lorsque je pose mon poids dessus. Je vérifie les numéros de porte qui correspondent à ceux des boîtes aux lettres. Je gravis les échelons jusqu'au sommet du mont Chauve où nichent Lopez et, en face, Jonathan Mörgn *himself*. Une vieille sonnette ronde. La peinture légèrement écaillée sur l'encadrement de la porte. Le soleil nimbe ce dernier étage sous les toits d'une lumière blanche. Je tends une oreille. Chez Lopez : pas un bruit. Chez notre homme : itou. Je jette un œil à la fenêtre qui donne sur la cour de L'Origan. Ils sont partis. J'ai même l'impression, un court instant, que tout Paris a été évacué. Les oiseaux cessent leurs pépiements et les voitures leurs vrombissements. Les gens ont déserté les places et les bancs publics. Comme avant l'arrivée d'une tempête. Il y a dans l'air une tension tellurique. Les nuages s'assombrissent. Mais j'irai au bout. Je veux savoir ce qu'il y a derrière cette porte.

S'il y a bien un domaine dans lequel je n'ai jamais manqué d'adresse, c'est celui du crochetage. Je m'accroupis. La serrure est à goupille et de difficulté moyenne. Il va me falloir une dizaine de minutes pour en venir à bout, et les petits cliquetis de métal que je vais produire peuvent, à terme, attirer l'attention du voisin – sauf que Lopez ne semble pas être chez lui.

Je dégaine mon crochet et mon tendeur – je sors toujours armé. Je pourrais mettre moins de temps et utiliser une Bumb Key mais je laisserais des traces. Je ne sais pas ce qui se cache derrière cette porte ; en attendant, je préfère ne pas me faire remarquer.

Le système est plus retors que je le pensais. Il y a eu tellement de cambriolages à Paris que les serrures se font de plus en plus complexes. J'arrive à bout du premier verrou ; le second cède plus facilement. Cependant, au moment de la rotation de la goupille, mon crochet se casse en deux – loupé pour les traces. Je récupère ma tige. Je ne pourrai jamais refermer ces verrous en repartant… Tant pis. La porte s'ouvre dans un grincement sournois qui vient ébranler le silence mortuaire. Je tente un rapide coup d'œil à l'intérieur. L'appartement est bel et bien vide. Aussitôt, je me faufile et referme derrière moi.

Vétuste. Poussiéreux. L'entrée donne directement sur un salon qui se prolonge par une cuisine d'un côté et une chambre de l'autre. Une gigantesque poutre marron traverse l'espace. Le toit prend une forte inclinaison à partir de la poutre – ce qui réduit la surface habitable et donc le prix du loyer. Le Grippeminaud devait suffoquer en été et mourir de froid en hiver. Je connais ça par cœur. Les fenêtres donnent donc directement sur le toit en zinc. Je vois de la buée sortir de ma bouche à chaque expiration. La cuisine est minuscule et possède une petite fenêtre coulissante crasseuse. L'endroit croule sous la poussière et la moisissure. Je viens d'entrer à l'intérieur d'un monstre mort depuis des lustres. Le temps a figé sa course entre ces murs. L'air est en stagnation. Je remarque un mug posé à côté du meuble télé. Crade, comme le reste, et rempli d'une matière noire infecte. Un journal ouvert sur la table basse est illisible tant il est recouvert de poussière. Rien n'a été bougé. Je me trouve dans l'appartement de J. Mörgn dans l'état où il l'a laissé le jour de sa mort.

Personne n'a récupéré ses affaires. Personne n'a déplacé le moindre objet. Personne n'a vécu ici.

Cependant, le plancher a été foulé. En fait, on pourrait presque distinguer des sillons sur le sol entre la cuisine, la chambre, le salon et la porte d'entrée. Des gens sont venus ici. Des gens viennent ici, mais pas pour y vivre… Je suis proche. Très proche.

J'avance d'un pas. Le plancher couine. On dirait que tout l'immeuble va s'effondrer. Ou bien qu'il m'alerte. De foutre le camp. D'aller boire un bon vin chaud et… Mon regard accroche un plan du métro affiché sur le mur du fond. Tout l'appartement est comme recouvert d'un filtre grisâtre. Or, ce plan brille de mille éclats au milieu de cette pièce terne.

Je passe mes doigts sur la carte. Aucune chaleur ne s'en dégage mais je sens que l'objet est en fusion. Ils sont activement en train de chercher les symboles, eux aussi. Tu aurais dû me parler d'eux, de Breuil… Tu m'as vraiment pris pour un jambon…

Je continue de regarder autour de moi. Simple de se repérer : traquer tout ce qui est exempt de poussière.

Bingo ! Je remarque une zone. Deux quarts de cercle sur un meuble à hauteur de genoux sur lequel se trouve un petit placard à double porte. Je l'ouvre.

Un autel. Des bougies partout et des pictogrammes dessinés à l'intérieur. Une bonne centaine. Assez différents de ceux qu'il a inventés. Mörgn étudiait les langues mortes. Qu'est-ce qu'il essayait de faire au juste ? Et au milieu, un livre rouge. Plutôt un carnet de la marque Paperblanks avec une magnifique couverture aux motifs arabisants. Je m'en saisis et l'ouvre. La quasi-totalité des pages est remplie de mots, de croquis de visages et de symboles, griffonnés au crayon à papier. C'est touffu. Je reviens à la première page, le titre, et lis :

La Voie

Par J. Mörgn

Splendide. Voilà d'où vient le nom de la secte. Je me mets à le parcourir rapidement.

Ce truc est un vrai bordel. Une succession de phrases absconses, indéchiffrables, parfois même illisibles. Et des dessins. Des visages, des Minotaures, des oiseaux, des formes abstraites façon organismes unicellulaires, des tunnels, des graffitis. Puis, arrive un passage comportant des consignes numérotées. Sa table des lois. Pour une meilleure société. Pour une élévation de la conscience. Pour se libérer des entraves que nous impose le monde actuel. Un nouveau langage doit émerger. Une cryptographie évolutive qui permettrait de transposer nos émotions avant toute chose. Les émotions personnelles et collectives. Influant notre manière de concevoir la réalité. Des émotions étouffées par les langues modernes. À la fin de cette énumération, il parle d'un message. Son message. Un secret qu'il a enfoui au bout de chaque ligne. Je déglutis péniblement alors que mes yeux cavalent sur les pages. Le Grippeminaud a laissé un cadeau à ses contemporains mais celui-ci est dissimulé, il se mérite. Il explique que seuls les élus, assez déterminés pour suivre ses traces dans la Souricière, pourront découvrir ce qu'il a fini par comprendre, la révélation ultime. L'essence de son « travail ».

Pour cela, il laisse un indice précieux à celles et ceux qui auront suivi sa doctrine. Un guide. Une clef pour trouver la Voie. Une phrase sibylline :

« Droite et bas, l'œil du taureau astral montre la Voie. Par-delà les patients silencieux, au cœur du cirque funèbre, sous les yeux vierges, derrière les parois de la connaissance, au fond des entrailles de la jouissance immobile et solaire, vous trouverez la voûte universelle. »

Ce type était timbré. Je prends tout en photo.

Après cette phrase, il y a quelques élucubrations à propos d'un homme argenté, résidant au sein d'un foyer infectieux. Du charabia. Et d'un coup, tout s'arrête. Sauf mon mal au crâne.

Je continue d'inspecter l'appartement. Je vais dans la cuisine puis ouvre le frigo – mauvaise idée, je le referme aussi sec. Pourriture avancée. Ils n'ont même pas jeté la bouffe. J'ai des frissons dans le dos et l'odeur semble s'être collée à mes naseaux. Je rebrousse chemin, *La Voie* dans la main.

J'entre dans la chambre. Moquette. Impossible d'en distinguer la couleur d'origine. Il y a encore des pantoufles au pied du lit. Ils sont fous. Dans quel pétrin as-tu mis les pieds, Plamensen ? Je tapote le carnet du pouce. Ils doivent posséder des pictos. Combien ? Je devrais me remettre en chasse immédiatement, mais une lassitude engourdit mon corps.

Je m'assois sur le lit. Une bulle miasmatique s'élève autour de moi que je disperse d'un brassage de bras. Réfléchis, mon vieux… Hervé est-il capable de les trouver avant eux ? Il est déjà allé tellement vite. C'est une possibilité. Mais depuis combien de temps sont-ils en quête ? Je pourrais me mettre en planque devant l'immeuble et les attendre. Les suivre.

J'ai du mal à aligner mes pensées ; mon corps réclame une pause. Pourquoi de Breuil couvre cette bande de timbrés ? Il y a quelque chose qui m'échappe.

J'ouvre *La Voie*. Peut-être ai-je omis un détail ? J'ai l'impression de tenir *Mein Kampf* et de ternir mon âme en posant mes yeux sur ces lignes. Mais bon, un fantôme ne fait pas peur à un autre fantôme, n'est-ce pas ?

Je relis certains passages, me perds dans ses délires et projets imbitables de société. Ce type aurait aimé changer les fondements de la civilisation. Atteindre le cœur du plaisir de l'Homme, extirper ce qui sommeille en nous tous – désirs inavoués, pulsions étouffées qui bavent sur le monde comme une coulée d'acide, le ronge de l'intérieur. Nous le sommes aussi, dévorés par un plaisir frustré qui ne peut s'exprimer. Nous avons enclenché un processus d'autodestruction, recroquevillés sur nous-mêmes. Pris au piège dans notre propre souricière. Nous devons nous reconnecter au micro – ces créatures de l'infiniment petit, qui colonisent nos peaux, nos intestins. Ce sont eux les ambassadeurs de l'avenir que l'on n'a que trop dédaignés. Il arrive à se connecter à eux, les entend pépier comme des nuées d'oiseaux… Putain.

Mon esprit est aplati par ces thèses hallucinées. Je fatigue et tout le poids de la cuite de la veille s'abat sur mes paupières. J'avance quand même de quelques pages et retombe sur les crobards, plusieurs visages. Il explique que ce sont ceux de ses victimes. Le nombre qui se trouve dans ce carnet m'affole. Pourtant… Je ferme les yeux et sens le sommeil m'envahir… Pourtant, l'un d'eux me semble familier. Mes paupières se ferment, juste une seconde. Juste une seconde, le temps de reprendre des forces et…

Je me réveille en sursaut. Un bruit.

Je regarde mon portable. Vingt-trois heures. J'ai dormi comme une masse. Quel con ! La chambre du Grippeminaud baigne dans la teinte cuivrée des halos de la nuit. Je m'avance dans le salon. Il y a du chahut sur le palier. Cliquetis dans la serrure. Plusieurs personnes chuchotent. Je repose immédiatement *La Voie* sur son autel et m'élance vers la chambre dont la moquette étouffe mes pas. Je m'enfile dans le grand placard en faisant tomber une mallette. Je la maintiens contre ma poitrine comme pour lui intimer un silence d'or avant de refermer les battants lentement sur moi.

Je coupe ma respiration. Le placard est aligné avec la porte de la chambre, je peux donc observer ce qui se passe dans le salon via l'interstice. Quatre individus entrent. Tous de sexe masculin.

– Antoine, t'as pas refermé la porte la dernière fois !

– Mais si !

– Pas à clef! Tu oublies tout le temps !

Le dénommé Antoine est plutôt petit, un visage quelconque. Son interlocuteur semble plus âgé, bien que probablement encore à la fac. Un troisième prend part à la joute. Il a un truc étrange aux lèvres. Son visage me rappelle vaguement quelque chose.

– C'est bon, les gars, on va alerter tout l'immeuble à gueuler comme ça. On a du boulot.

Ils se déplacent vers le plan de métro. Ils n'ont pas l'air d'avoir remarqué mon passage. Soudain, Antoine s'arrête et observe la serrure de la porte d'entrée d'un œil suspect.

– Antoine, qu'est-ce que tu fous ? Va chercher la mallette.

La mallette ? Nom de Dieu. Je baisse mon regard sur l'objet que je tiens comme un bébé entre les bras.

– Je suis sûr d'avoir fermé la porte !

– On s'en fout de la porte ! Va chercher cette mallette !

Pas de temps à perdre, j'ouvre le placard, en sors et repose la mallette à l'intérieur. Je me laisse glisser sous le lit parmi le tapis de poussière qui virevolte à mon passage. Antoine râle et entre dans la chambre une seconde après que j'ai rejoint ma cachette de fortune. Je remarque alors que j'ai laissé la porte du placard grande ouverte.

– Hé ! Les gars, la porte du placard est…

– Arrête avec les portes ! On n'a pas que ça à foutre, ramène-toi avec le matos qu'on en finisse !

– Pfffff.

Je ne distingue que ses pieds. Il récupère la mallette et reste immobile un instant. Je sens la poussière titiller mes parois nasales. Ce n'est pas le moment. Puis… il repart.

Je les entends ouvrir l'attaché-case dans le salon.

– Magne-toi de sortir la carte…

La carte ? Il y a donc une deuxième carte ? Avec les symboles ?

– Les gars, y a une drôle d'odeur dans la cuisine…

– Genre quoi ?

– Genre rat crevé…

– On regardera ça la prochaine fois mais on ne touche à rien. Allume la lampe.

Je m'avance un peu. Un petit néon s'allume au-dessus du plan que je n'avais pas remarqué. Une lumière violette remplit la pièce et, soudain, mon cœur bondit dans ma poitrine. Des lignes se révèlent sur le plan du métro ! UV. Je me rends compte alors d'une chose. Hervé avait trouvé des symboles identiques car il n'existe pas trente pictos différents mais quinze ! Des terminus sont reliés entre eux par des signes similaires ! Il suffit de tracer une ligne entre les symboles identiques et… Et quoi ? Il leur manque encore des endroits mais ils touchent au but. Ils sont en train de tirer un nouveau trait entre deux terminus avec un feutre spécial tandis qu'Antoine pianote sur son portable.

– OK, allez, on se tire, il nous reste du boulot et y a ce privé qui nous colle aux basques.

Le sang quitte mon visage. Comment ont-ils su ? Antoine range quelque chose dans la mallette. La deuxième carte ?

– Et la cérémonie ?

– On verra ça plus tard, pas le temps là. On y est presque, les gars.

Antoine entre dans la chambre et range la mallette.

– Vous êtes témoins, j'ai bien refermé la porte du placard !

– Ouais ouais, on s'en fout…

– Moi, je vous dis qu'il y a un truc qui cloche…

Je les entends sortir de l'appartement et, à mon grand désarroi, refermer la porte. À double tour.

Je compte dans ma tête jusqu'à trente comme un môme et sors de ma cachette. Je me rue sur le placard de la chambre. La mallette est bien là, sous les costards de monsieur. En l'ouvrant, je manque de m'embrocher la main sur l'aiguille d'une seringue. Bande de tarés. Il y a un béret, des plaquettes de pilules périmées, des dossiers. J'extirpe ces derniers et les étale sur le lit.

Rien. Ce ne sont que des documents comptables. Où est cette foutue carte ? Je fouille de nouveau l'intérieur. Des chewing-gums, un peigne, du déodorant. Est-ce qu'ils ont pu la garder avec eux ? Je retourne la mallette et vide tout son contenu sur le lit en la secouant bien fort et… un tout petit objet noir tombe. Petit comme un ongle. Fin comme une feuille de papier. Un morceau de cuir qui se serait détaché, mais en y regardant de plus près…

Oh oh oh.

Quoi de mieux, en ce vingt et unième siècle, que de cacher l'information la plus importante dans une carte… micro SD. Je suis sûr qu'elle appartenait au Grippeminaud et que par superstition, ils n'ont pas voulu la mettre ailleurs. Bande de…

Je démonte l'arrière de mon smartphone et enfonce la carte à l'intérieur. Ça charge. Son contenu : un dossier photos. J'en ouvre une au pif. *Bim*.

Les pictos ! Je les compte. Il y en a vingt-six ! Chaque photo porte le nom de la station de métro. Alléluia ! Mon bon vieux Plamensen, tu as du flair… En ajoutant ceux du carnet d'Hervé, avec un peu de chance, j'ai le compte… Je souris. Je referme la coque sans enlever la carte et laisse tout en désordre. Plus rien à foutre.

Je vais dans le salon, allume le néon au-dessus de la carte. Magie. Ils ont noté les fameux numéros correspondants aux terminus avec un point d'interrogation à chaque fois. Donc ils ne savent pas à quoi ils font référence. Je prends une photo de ce spectacle en surbrillance. Ces points ne semblent mener nulle part et ne rien former d'intelligible. Mais, à présent, j'ai tout ce qu'il me faut.

Il me reste un problème à affronter : je suis enfermé à l'intérieur de ce musée.

À moins de donner une cinquantaine de coups de pied dans la porte et d'ameuter les flics, je n'ai pas le choix. J'ouvre une des fenêtres qui donnent sur le toit en zinc. Le vent s'engouffre dans l'appartement et balaye l'odeur de moisi tout en tétanisant mes muscles. Trois étages plus bas : le local à poubelles de L'Origan. Que dirait le jeune cuistot si le type qui a disparu cette après-midi revenait sous forme de crêpe étalée dans sa cour le soir même ? Il changerait de métier.

Je me penche en avant. De chaque côté, des immeubles. Ils semblent accessibles. Bon sang, qu'est-ce que je donnerais pour être dans un bar au chaud avec un double bourbon…

Je pose un pied sur la tôle qui ploie et grince. Je ne peux pas m'empêcher de penser au Pousseur et redoute de l'avoir dans le dos. J'agrippe le rebord de la fenêtre et tente de ne pas regarder le vide. Surtout pas. Le toit est très incliné. J'escalade donc la fenêtre pour atteindre le faîte. Le vent souffle et me bouscule. Le zinc et la pierre sont glacés. Mais je sécurise mes prises et parviens à atteindre le haut du toit qui, lui, est plat.

Je reste accroupi. Une étrange sensation me prend aux tripes, car j'ai le droit à une magnifique vue d'un Paris nocturne. Les voitures s'agglutinent aux feux. Des gens chantent dans les rues, d'autres, dans leur salon, sont hypnotisés par la lueur de leurs écrans.

Je me concentre et zieute les environs. Nous avons un immeuble de la même taille qui se prolonge tout le long de la rue, jusqu'au carrefour… Et un autre en contrebas. Je m'approche de ce dernier. Je remarque que c'est sur ce mur que se dresse l'immense créature chimérique. Je repense aux agrafes. L'échelle. Le gardien me montre-t-il la voie ? Ou va-t-il me garder à jamais, les os brisés, dans son dédale ?

Je commence à basculer mon corps dans le vide et me retiens aux barreaux rouillés. J'entame ma descente lorsque l'un d'eux cède sous mon poids. Je lâche prise. Mon corps chute d'au moins deux mètres cinquante, et, malgré la rotation féline médiocre opérée en plein vol, je me réceptionne n'importe comment à l'arrivée. Ma cheville gauche encaisse tout le poids. Je hurle de douleur en m'affalant sur le ventre dans un barouf de tous les diables.

Je me laisse rouler sur le dos et observe la bête mythologique. On dirait qu'elle n'en a plus rien à faire de moi. Elle aussi a dû faire la même connerie car elle tient un bâton. Je comprends que ce n'est pas un instrument de punition mais une canne pour aider son pas boiteux à retrouver le chemin.

Je rampe jusqu'au rebord du toit. La distance entre le trottoir et la charpente est bien moindre que celle que je viens de parcourir en chute libre. Je suis d'ailleurs au-dessus d'un des rideaux de fer. Dans le bâtiment d'en face, une lumière s'est allumée et une femme me toise. Elle ne bouge pas et me fout les jetons.

Je décide de l'ignorer. Je réitère l'opération de bascule. Ma cheville blessée touche le sol. Une vive douleur s'élance dans mon mollet. Je retiens un râle en mordant ma lèvre inférieure jusqu'au sang, puis m'adosse au mur.

La femme me regarde toujours. Elle se repaît de ma souffrance. Je lui décoche mon plus beau sourire et lui tire ma révérence avant de partir en boitant, guettant le bar le plus proche. Fin du spectacle, Jackie Chan.

Je déboule dans un troquet à l'éclairage sommaire. J'ai l'impression de retrouver des amis. Toutes ces gueules inconnues, elles me parlent. Elles sont des âmes miroirs de la mienne. Peu importe où on se trouve, ce sont les mêmes gars qui disent les mêmes choses. Bonheur.

J'arrive près du magnifique comptoir cuivré. Deux sculptures de chiens grimaçants de chaque côté. Des gargouilles protectrices. Odeur de vapeur. De Javel. Ça me va. Je commande un double bourbon. Ils n'en ont pas.

– Pas de souci, filez-moi du whisky, un truc coquet, s'il vous plaît.

Le serveur obtempère. Je sors mon téléphone. Plus de batterie. Je demande une prise. J'ai toujours un câble qui traîne dans une poche. Je l'allume. Deux appels en absence d'un numéro inconnu – sûrement Hervé. Je sors le carnet des sigles qu'il a retranscrits et me mets à recopier ceux de la carte SD ainsi que tous les petits chiffres dont j'ignore la signification. Je pose mes lèvres sur le verre. Le nectar entre dans ma gorge. Le barman m'observe bizarrement. Qu'est-ce qu'il a celui-là ? Je compte, rapidement. Trente signes. Je n'en reviens pas. Je recompte, vérifie les stations de métro. Elles sont toutes là.

Je recule mon cul pour mieux embrasser ce résultat. Incroyable.

Mission accomplie.

Les doigts dans le zen et une cheville cassée.

Plamensen, le roi de la débrouille. Je me marre. Le barman me jette encore un regard en coin. T'aimes pas les gens heureux ? Je ressemble à un clochard céleste et alors ? Je fais un quart de tour sur mon tabouret. Je vois les rares voitures traverser le boulevard. J'aperçois mon Minotaure et lui offre un clin d'œil de loin. Merci, mon pote. La chance me sourit enfin.

J'envoie un message à de Breuil, pas sur RecallOne, histoire de le faire chier, pour lui dire que j'ai rempli la mission, que je veux qu'il honore son contrat fissa. Envoyé, c'est pesé. Je commande un deuxième verre. Ce soir, c'est la fête. Ce soir, je dors à l'hôtel aux frais du maître des ténèbres. Ce soir, je pourrais même payer à boire à ce bon vieux Hervé. D'ailleurs, je me sens l'âme généreuse. Il est temps de lui annoncer que sa mission est annulée. Hors de question que sa sœur et ses mômes viennent crécher chez moi.

Je l'appelle.

Deux sonneries. Ça répond. Dans une langue étrangère.

– Allô ? Je peux parler à Hervé ?

J'entends gueuler. J'entends des chiens. Je regarde l'heure sur mon portable. Bientôt minuit. Je suis à deux doigts de raccrocher lorsqu'il arrive.

– Ouais ? Plamensen ?

– Yep, l'ami.

– J'ai pas beaucoup de temps !

– Ah ? Un avion à prendre ?

– Très drôle. Vous n'imaginez pas la galère que ça a été de vous appeler, vous ne répondez jamais et moi je n'ai pas tout mon temps de libre même si je bosse pour vous, c'est compliqué ma vie, j'ai mis la journée pour…

– Hervé, laisse bét…

– Je voulais vous prévenir, je vous jure, mais j'ai dû bosser, vous comprenez, ce n'est pas évident de…

– Ta ta ta. C'est mon soir de grâce, je peux tout entendre. T'as pas réussi à retrouver les pictos, c'est ça ?

Je souris intérieurement et me dis que je dois être dans un tunnel karmique pour avoir autant de chance. Ça va être beaucoup plus simple de lui annoncer s'il n'a rien trouvé.

– Mais non, ce n'est pas ça ! Ce matin, après vous avoir parlé, j'ai remarqué que j'étais suivi.

– Suivi ?

– Oui, j'ai repéré ça, bon peut-être que, comme vous êtes un professionnel, vous le savez déjà, mais j'ai préféré vous le dire au cas où. Elle ne m'a pas lâché d'une semelle. Je suis malin et je connais bien la Souricière, alors j'ai réussi à la semer mais ça devient dangereux votre truc…

– Attends un peu… Elle ?

– Ouais, c'était une fille.

– Bah, t'es parano.

– Quoi ? Non, pas du tout, je vous ai dit, je n'ai pas peur, moi !

Je sens qu'il essaie de m'embobiner pour me demander une allonge. Classique.

– C'était une camarade de galère, c'est ça ?

– Non. Une jeune. Propre. Habillée en noir genre sorcière. Brune avec une frange et un sourcil rasé, une cicatrice je crois, et…

Un sourcil rasé. La pièce se désaxe. J'ai l'impression que la planète vient de changer de sens de rotation subitement. Des fourmillements se déploient jusque dans le bout de mes doigts. Un sourcil rasé.

Severus. Sev.

– Attends, attends… Hervé, on reprend tout. Elle t'a suivi jusqu'où, cette nana ? Elle t'a parlé ?

– Ben non, je l'ai semée dès que j'ai pu ! Pourquoi ? Vous la connaissez ?

Qu'est-ce qui se passe ? J'ai l'impression qu'un morceau du comptoir vient de se dérober sous mes coudes. Qu'est-ce que je n'ai pas compris ? C'est quoi ces conneries ? Pourquoi cette femme irait suivre Hervé dans le métro ? OK, concentre-toi. Tu as fait sa connaissance sur un site de rencontre, donc c'est un pur hasard. Ensuite, tu l'as vue dans un bar – dont tu ne te rappelles pas, certes –, puis tu as dormi chez elle la nuit dernière, et après ? Après, tu t'es levé et elle t'a suivi… alors que l'appart était vide, non ? Ça veut dire qu'elle n'avait pas quitté l'appartement ? Ou qu'elle se planquait sous le lit ? Dans la salle de bains ? En bas ? Putain mais pourquoi ? Parce que c'est une folle possessive qui veut vérifier si tu n'es pas marié ?

Dans ce cas, pourquoi suivre Hervé par la suite ? Elle aurait continué à me coller aux basques… Ça ne marche pas. Ce n'est pas une coïncidence, ça ne peut pas être une coïncidence. Est-ce que cette nana a un rapport avec l'enquête ?

Reviens en arrière. Il s'est passé quoi avant que tu te barres ? Tu as eu une conversation avec Hervé au téléphone. Si elle était encore dans l'appart, elle aurait pu t'entendre parler des pictos…

Les pictos !

Est-ce que, par hasard… ?

– Plamensen ?

– Je te rappelle.

– Mais vous…

Quelque chose est en train de germer dans mon esprit. Un truc bien sale. Car la réponse à cette question me triture les méninges : depuis quand parles-tu avec cette nana ? Hein ?

J'ouvre INferno et regarde la date de début de nos échanges.

Réponse : depuis mon rendez-vous avec de Breuil.

Je serre les dents et finis mon verre cul sec. Il n'a plus du tout le même goût.

Réfléchis. Depuis le début, rien ne tourne rond dans cette affaire. De Breuil ne te parle pas des risques. De Breuil fait appel à un mec comme toi. Réputation d'alcoolique, de raté, qui a à peine résolu une enquête vaseuse en Val-de-Marne. Certes, c'est ton ami qui a parlé de toi en bien, mais un mec comme de Breuil a les moyens de se payer le privé qu'il veut. Un type aussi méticuleux sait très bien ce qu'il fait. Et quel est l'avantage de faire appel à un Plamensen ? Hein ? Tu te souviens que la Voie avait entendu parler de toi, n'est-ce pas ? Tu vois clair maintenant ?

Bordel. S'il m'arrivait quelque chose, personne n'en ferait grand cas. On pourrait très facilement mettre ça sur le compte de ma vie de débauche. De plus, la Voie se dirait qu'on leur a mis dans les pattes une bien piètre menace et relâcherait leur attention. Laissant les mains libres à ton plan B. C'est ça que tu t'es dit, hein ? Alors tu as envoyé ton molosse. Une pro. Prête à tout. Prête à me baiser pour récupérer toutes les infos. Car si ce bon vieux Plamensen pouvait en plus trouver les pictos, c'était *win win*. Dans une course, tous les coups sont permis, n'est-ce pas ?

Le plus fort dans tout ça, c'est que tu as le sens de l'observation. Il a suffi que mon téléphone sonne dans ton bureau. Mais pas n'importe quelle sonnerie ! Précisément celle d'INferno. Reconnaissable entre toutes avec sa gamme mineure et ses écarts de tons. Rappelant l'enfer. Rappelant la vilenie dans laquelle nous vivons tous. Oui, tu as remarqué ça. Et alors, quoi de plus malin que d'envoyer ton cerbère en enfer pour venir me charmer ?

Je m'essuie la bouche d'un revers de la manche. Non, de Breuil, ça ne fonctionne pas comme ça. Certainement pas. Je ne suis pas qui tu crois.

Avant que mon portable rende l'âme une deuxième fois, j'ai eu le temps d'envoyer un message à de Breuil.

P : Je veux mon virement demain. Facture en décoction.
Livraison en chemin. Surprise surprise. Fedex express que
je confie à votre petit chien-chien.

Suivi de trois smileys sans aucun rapport. Je tiens à peine debout. C'est cette satanée grippe qui n'en finit pas. C'est cette vie qui m'aplatit.

Il fait froid mais je ne sens plus rien. Ma cheville est enflée mais elle aussi semble anesthésiée. Une canne ? Je veux celle du Minotaure ! Moi, monsieur, je suis un prince, vous entendez ? Je me traîne jusqu'à un immeuble moche. Plamensen a de la mémoire, oh oui mes cochons, vous pensez qu'il ne se souvient de rien à cause de l'alcool ? Mes ancêtres étaient vikings. Ils buvaient même dans leur sommeil. Je reconnais le fast-food à la devanture clignotante. Aux exhalaisons outrancières. Pourtant j'ai faim. Je m'approche de la porte rouge. Repeinte récemment. Contraste saisissant entre les goûts. Ça clignote dans toute la rue. Je m'avance et me tiens au chambranle. Il y a un interphone. Je tangue.

Un nom.

« S. Boulanger. »

C'est elle.

Un nom si innocent. Je sonne. Ça ne répond pas. Il doit être une heure du matin mais hé ! Paris ne dort jamais. Je réitère. Une voix. Je la reconnais. Sobre, j'en ai des frissons.

– Salut poupée, c'est moi. Ça gaze là-dedans ?

Pas de réponse. Puis :

– Plamensen ?

– Yep. En chair et en os. La bête est revenue au bercail. T'y crois ça ?

Silence. Je me reprends. Elle doit se méfier.

– Je viens en ami. Pas de blème. Je suis cool.

– Tu veux quoi ?

Le chitineux-pervers-petit-insecte mangeur de mâle. Mon enfumeuse attitrée. Je veux quoi ? La bonne blague. Je pourrais débarquer chez elle avec un tisonnier, mais non, je suis un mec doux.

– Je veux juste te dire deux mots. Et pas au milieu de la route. Tu m'ouvres ?

– Non.

– Ooooh, on a peur du vilain Plamensen ? On aurait des choses à se reprocher, par hasard ?

Silence. Trop long pour une innocente. Je n'ai pas à rester planté là comme un amant suppliant. Je n'aime pas cette posture et me suis juré de ne plus jamais l'avoir.

– OK, on ne va pas y aller par quatre chemins. Je sais tout, poupée. Laisse tomber le baratin. Je sais, c'est tout. Tu m'as pris pour une buse, loupé. Enfin, non. Tu m'as un peu eu… D'ailleurs, on a baisé ou pas ? J'arrive plus à savoir…

– Tu veux quoi ?

– Je veux que tu m'enlèves ce putain de chat !

Je l'entends se marrer. Ha ! Je fais de même. Mais en vrai, j'ai envie de l'étrangler.

– Ce n'est pas possible. Tu ne l'aimes pas ?

– Si seulement il avait été bien dessiné, je ne dis pas. Mais cette merde n'a rien d'une œuvre d'art.

– On a que ce qu'on mérite.

Une fenêtre s'allume de l'autre côté de la rue. Rez-de-chaussée. Je peux presque voir le rideau onduler. Le vent de la délation. Il faut en finir.

– Tu sais quoi ? Je ne sais pas combien tu es payée, toi, mais sois certaine que la note que je vais envoyer à ton boss va être salée ! Il va me dédommager de toutes les saloperies qui me sont arrivées, parce que tu devineras jamais ? J'ai tous les pictos ! Ah, ça t'en bouche un coin, hein ? Vous ne vous attendiez pas à ce que je remplisse le contrat ? Bah désolé, vous allez devoir aligner le magot. Vous m'avez pris pour une buse. Raté. T'as baisé un mec pour rien. J'espère que t'as pris ton pied. On a bien baisé, non ? En vrai, je m'en fous. Donc maintenant je vais me tirer et te laisser le fruit de mon dur labeur, là, je le glisse sous la porte. Tu le fileras à ton maître. Allez, rapporte, chien-chien. Il recevra la facture. C'est qui la buse, maintenant ?

Je me relève. La rue est oblique. Ce quartier part à vau-l'eau. Pas de sitôt que j'y reviendrai. Mais pour moi, l'affaire est réglée. Demain, je dors au Ritz. Foie gras. Champagne. Demain, Plamensen est le roi et ma réputation sera faite. On dira : « Il ne faut pas la lui faire à l'envers à ce gars, il voit tout. » *Yerk yerk yerk.*

Trente minutes plus tard, je me retrouve sur l'un des tabourets du Ton air de Brest II. Retour à la case départ. Sauf que moi, je vais le toucher, mon pognon. J'ai fait signer un contrat à de Breuil. Il ne pourra pas s'en tirer comme ça. J'ai demandé un quart de citron au serveur, histoire de me redonner de la vigueur. Je le mâchouille. À cette heure, l'ambiance est syncopée. Je me sens comme sur un bateau moelleux. Les gens s'encanaillent comme si la fin du monde était proche. Ils vivent en accéléré. Ils courent après les grains du sablier. Seul un papy aux yeux vitreux semble sur la même embarcation que moi. Un verre de vin blanc à moitié vide, ou à moitié plein. Vous choisissez. Moi, j'en ai ma tarte de prendre des décisions. Je demande au serveur de remplir le verre à ballon de mon papy compagnon de mer et lui envoie un baiser de la main. Il se marre. Moi avec. Et voilà, tout le monde est content.

L'heure interlope. On ne fait plus attention aux dégénérés. Je me déplace. Comme sur une péniche. Je sais où brancher mon téléphone – pour appeler qui ? Personne – et m'installe à une table près de la fenêtre. La journée, une tripotée de désœuvrés viennent se poser ici pour lire le journal, prendre un petit café avant de repartir encore plus moroses qu'à leur arrivée. Je déteste cette place en face d'un écran HD passant en boucle BFM quand il n'y a pas un match de foot, mais pas le choix. Je l'ai déjà trop débranché pour le faire à nouveau. Sage. Sage. Le serveur m'a à l'œil. C'est lui qui doit me tirer par le col quand je dérape. Je vois la tête d'un député mis en examen. La télé me l'impose. Détournement de fonds. Il répond : « Toutes ces accusations contre moi sont calomnieuses. Au pire, vous ne trouverez que des activités que vous jugerez immorales mais pas illégales. » Alors, rassurés ?

C'est Byzance, mon pote, fais-toi plaisir ! Tant que t'es transparent, tu peux même avouer que tu as violé ta grand-mère. Y aura toujours des gens pour t'absoudre. Je recrache le quart de citron et commande une bière. Bien fraîche. Bien mousseuse. Bien calorique. Il faut que je tempère mon évasion vers l'au-delà. Toujours monter les marches une à une, sinon, c'est la chute. Et, à ce moment-là, on est bon pour tout se retaper. Boire est un art. Comme tout un chacun, j'ai mes mantras qui me permettent de biaiser avec aisance. Pourquoi s'évertuer à se tenir droit alors que vous passez votre temps à faire toutes sortes de saloperies ? Ah, mais oui, j'oubliais… Si ces gens sont dans la rue, c'est parce que ce sont des buses. Je fais volte-face et m'adresse à l'assemblée :

– Est-ce que quelqu'un a vu passer ce putain de volatile ?

Personne ne m'écoute. Ils sont trop occupés à oublier le monde ou à en fêter la fin. J'attrape la bière et couronne mes lèvres de mousse. Payée par ma banque. Autorisation de découvert scandaleuse.

Mon attention est happée par BFM et son armée de journaleux survitaminés aux news à la seconde. Le bandeau bleu défile avec tous les évènements marquants de la journée. Voiture bélier probablement lié à un attentat terroriste. Suspicion de dopage d'un cycliste et…

Je recrache le contenu de ma bouche. Il inonde le papier journal.

– Plamensen…

Premier avertissement du serveur. Mais le sol se fait la malle sous mes pieds et je suis à deux doigts de défaillir.

Mes yeux sont toujours braqués sur ce texte déroulant : « Daniel Simon, le tristement célèbre Pousseur aux mouchoirs, vient d'être retrouvé mort chez lui. »

Je débranche mon portable et tape les mots-clefs pour retrouver la dépêche. Je tremble, car les lignes suivantes sous-entendent quelque chose que mon esprit refuse d'admettre.

« Les enquêteurs étudient la piste du suicide ou de l'homicide. En effet, Daniel Simon avait commencé à faire ses valises, vraisemblablement en vue d'un prochain départ… »

Le serveur me parle. Je ne l'écoute plus. Mon cerveau tourne à plein régime. Je vois un nain de jardin. Je vois une masure battue par le vent. Un crucifix gros comme une stèle. Je vois la mer impétueuse. Comment ont-ils pu le retrouver ? Je n'étais pas suivi. Je les aurais vus au milieu de cette plaine. Et il n'aurait pas eu le temps de faire ses valises. Alors comment ? Seul de Breuil connaît son adresse, et moi, je ne l'ai apprise que via… Je mets un moment à remettre les pièces du puzzle en place, car un élément que j'avais oublié me revient en pleine face. Un dossier. Mon Dieu. Qu'ai-je fait ? Je me lève aussitôt et joue des coudes pour sortir du bar. Tout le monde pense que je vais vomir. Personne ne sait que je viens de décuver en une seconde.

Le Pousseur. Mort. Départ. L'effroyable conclusion me noue les tripes.

Qui voulait la mort du Pousseur ? Certainement pas de Breuil qui aurait pu le faire assassiner depuis longtemps.

Seule la Voie souhaitait sa mort.

Je n'ai pas été suivi. Je suis catégorique. Et donc, où se trouve son adresse imprimée en lettres capitales ?

Sur le dossier sur le Pousseur.

Qui a déjà lu son dossier à part de Breuil et moi ?

QUI d'autre ?

Bordel de merde…

Ils avaient raison. Je vomis sur le trottoir. À quatre pattes. Une douleur me tord le bide.

Severus. Séverine. Sev. Mes doigts viennent effleurer le tatouage incrusté dans mon cou.

Le dossier volé que j'avais enroulé dans la poche intérieure de ma veste. Veste qui traînait dans son salon. Si facile pour elle d'aller le consulter après m'avoir piégé. La date du meurtre remonte à ce matin. Le lendemain du soir où j'ai dormi là-bas. Ensuite, elle m'a pris en filature…

Je me suis complètement planté, le lien logique qu'il fallait faire était le suivant :

La Voie + Sev.

Par je ne sais quel moyen, ils ont compris que je bossais pour de Breuil. Peut-être qu'ils l'espionnent ou qu'ils m'ont suivi en sortant de chez lui.

Où suis-je allé juste après mon premier entretien ?

Les souvenirs s'agitent et reviennent. L'étudiant que je viens de voir chez Mörgn. Avec ses lèvres étranges. Je l'avais déjà croisé ! Ici même avec les glousseuses.

Son putain de bec-de-lièvre !

INferno n'arrêtait pas de sonner.

Mes yeux se tournent vers mon portable. Message RecallOne. Une réponse de Breuil :

A : Qu'est-ce que c'est que cette histoire de chien-chien ?

Comment ai-je pu être aussi con ?

Il n'y a aucun chien.

Que des rapaces qui tournoient au-dessus de moi.

En moins de vingt minutes, j'arrive haletant chez Severus. Le fast-food a baissé le rideau. La ville s'endort. Je me mets à genoux, je glisse mes doigts sous la porte. Rien. L'enveloppe a disparu. Elle contenait le carnet et la carte SD. Tous les pictos ! Elle les a récupérés. Mon Dieu. Qu'a-t-elle dû se dire ? Que j'étais la plus grosse buse qu'elle avait jamais rencontrée. Mon cœur tambourine. Mon doigt se précipite sur l'interphone. S. Boulanger. Je le retiens juste à temps.

Qu'est-ce que tu vas faire ? Gueuler à l'interphone ? Jusqu'à ce qu'elle appelle les flics ? Elle ne t'a pas ouvert la première fois, tu penses qu'elle va juste te dire : « Ah oui, tu peux récupérer l'enveloppe, mon chéri. Tu veux passer la nuit ici en plus ? »

Je passe une main moite sur mon visage crasseux. Je ne sens même plus mes propres effluves de transpiration. Réfléchis, il te reste quoi en main ?

J'ai besoin d'un remontant. D'un burger bien gras. D'une peau bien lisse. D'un bain bien chaud. J'ai besoin de me reposer. Mon cerveau fait des tours sur lui-même. Le grand huit. J'ai pris une photo d'un plan incomplet de la Voie mais j'ai encore un espoir. Si je combine ça à ce qu'aura trouvé Hervé… Un effort, Plamensen, ne fonce pas dans le tas. Tout ce qui compte, pour toucher ton pognon, ce sont les pictos et pas la résolution de l'énigme. Cette idée me rend malade.

Je regarde mon téléphone. 5 % de batterie. Tu vas tenir, petit. Il faut que je tente le tout pour le tout. J'appelle.

Quatre fois. Hervé finit par décrocher.

– Monsieur Plamensen ? Vous avez vu l'heure ?

– Ouais ouais, je suis un oiseau de nuit. Dis-moi que tu as des pictos ?

– Oiseau de nuit, oiseau de nuit. Y en a qui dorment !

– Oui, je sais. Mais là, c'est une urgence, j'ai bientôt plus de batterie ! Alors ?

– Euh, j'ai pas tout.

– Combien ?

– Mais, vous savez que j'ai eu très peu de temps, je ne savais pas que…

– Hervé, combien ?

– Bah, je sais pas, pas plus de vingt…

– Combien ?

– Pas plus de…

– Tu as vingt pictos ?

– Pas plus.

– Je t'aime !

– Hein ?

– Envoie tout sur mon portable !

– Je ne peux pas, ils sont sur le jetable, vous savez ?

– Merde ! T'es où ?

– Bah chez moi.

– Chez toi ?

– Là où je dors, quoi.

– OK, file-moi l'adresse, j'arrive !

C'est dans le nord de Paris. Ça va le faire. Mais il faut que je gagne du temps sur la Voie. 3 %. J'ouvre INferno et improvise :

P : Yo, ma belle, alors ça boome pour toi ?

Je commande un Uber et…

Refus de paiement. Putain d'enfoirés ! C'est à une heure de marche. Ma pénitence. Je m'active.

Sonnerie.

S : Qu'est-ce que tu veux ? Tu as encore des cadeaux à nous faire ?

P : Ouais plein, t'as pas idée.

Elle me rend dingue mais je me contrôle ; elle a répondu, je dois pas merder. Il me faut une idée pour les ralentir. Je lui envoie une photo du Minotaure.

P : J'arrive devant votre petit QG. On s'y retrouve ? Venez sinon je fais cramer votre livre. C'est votre bible, non ?

S : Ah parfait, on y est déjà, on t'attend, on va pouvoir faire la fête ensemble

Maintenant je suis cuit. Je marche dans les rues froides au pas de course. Pourquoi tu t'infliges tout ça, mon vieux ?

Des voitures viennent perturber le silence à rythme régulier comme des vagues. Cette ville ne connaît pas le sommeil, moi non plus. Je repense au Grippeminaud, à son fantôme et ses signes. La carte de Paris. Ma batterie va lâcher. Je pose mes yeux sur la photo de leur plan sous UV avec tous ces traits anarchiques. Même en complétant la figure, ça ne donnera rien. Il manque un élément. Il leur manque un élément. Les chiffres…

P : Alors ? T'es satisfaite d'avoir eu tous les pictos ? Vous êtes tous assis devant votre plan sous une lumière violette et vous attendez la révélation, c'est ça ?

S : Elle va venir quand tu nous auras rejoints.

P : Mon petit doigt me dit qu'il vous manque quelque chose, non ?

2 %. Le rideau va tomber. Je relance :

P : Les numéros. Avoue. Tu ne sais pas à quoi ils servent, hein ?

S : Tu joues à quoi ?

P : Je joue plus. J'ai déchiffré l'énigme. Je suis prêt à échanger ce que je sais, à marchander. Alors ?

S : Et ton boss ?

P : Il m'a pris pour un con. Payez plus que lui et je vous file ce qui vous manque.

S : Tu nous prendrais pas un peu pour des pigeons ?

P : RDV demain à 8 h aux pieds du Minotaure.

P : 9 h.

Écran noir.

Mon monde numérique s'éteint.

J'espère que mes conneries vont suffire…

Périphérique nord. Un pont. En dessous, un fleuve à l'allure tranquille. Des Uber, des taxis, des travailleurs de nuit naviguent en toute quiétude. Dans quelques heures, ces véhicules seront rejoints par d'autres, formant une cohorte presque à l'arrêt, pestant contre la terre entière. Moi, j'approche d'un grillage éventré. Je repère une série de trois tentes familiales alignées sur un espace herbeux légèrement en pente. C'est là. Je boite mais ne sens plus aucune douleur dans ma cheville, anesthésiée par l'alcool que j'ai acheté avec mon dernier billet en poche dans une épicerie aux prix exorbitants.

J'arrive devant l'ouverture. Aucun bruit. Aucune lumière. Aucune trace d'Hervé. Je soulève le grillage et passe de l'autre côté. Le sol est boueux mais une rangée de cartons me montre le chemin à suivre. Deux grands arbres soutiennent des cordages qui maintiennent les tentes en place. Je remarque des bouteilles de vin vides, enfoncées par le goulot dans le sol pour délimiter leur territoire. Coquetterie. L'homme aura toujours besoin de ça. Même en plein hiver, même noyé dans les vapeurs toxiques du périph, même criant famine.

– Hé, Hervé ?

Aucune réponse.

Je repère un tonneau en métal où rougeoient encore les vestiges d'un feu. Un câble électrique sort de l'une des tentes pour venir se perdre dans le jardin attenant. Auraient-ils réussi à se raccorder au réseau électrique ?

– Hé ! Hervé ! T'es là ?

Soudain, un mec sort de la première tente. Un géant. Ses yeux sont noirs. Il tient un sabre à la main. Je me fige. Je n'ai jamais pris aucun cours de self-défense, surtout pas chez les ninjas.

– Oh, doucement, l'ami, je cherche Hervé !

– T'es flic ?

– Non.

Il me regarde des pieds à la tête.

– Tu veux de la bouffe ?

– Non. Enfin… non, j'ai rendez-vous avec Hervé.

– Rendez-vous ?

Soudain Hervé arrive en courant depuis l'autre bout de la rue et nous fait signe. Le ninja géant détend son bras et s'adresse à Hervé :

– Il est avec toi ?

– Oui ! C'est bon ! Je l'attendais au bout de la rue mais on a dû se louper, c'est mon employeur !

Le type se marre et nous demande de ne pas faire de bruit pour ne pas réveiller les enfants. Putain, les enfants… Y a des enfants qui dorment là ? Dans ce froid ? Hervé m'amène dans la pente carbonisée juste en dessous des tentes, jonchée de détritus, et m'invite à m'asseoir. Je sors le reste de la bouteille de bourbon. Il refuse lorsque je la lui tends.

– Hervé, comment tu as réussi à trouver tous ces pictos en si peu de temps ?

Il hausse les épaules.

– Les caméras. Il y a un petit moment, très court, lorsque le métro entre en gare, qui provoque une baisse de tension, et donc un peu de… neige sur les écrans de surveillance là-haut. Bon, ça ne marche pas avec les lignes récentes comme la 14, là il faut être plus malin et…

– Comment tu sais tout ça ?

– Mais c'est mon lieu de travail ! Allez, il faut parler business maintenant !

– J'ai besoin de l'appareil. Tu auras l'appartement comme convenu.

– Je veux l'appartement maintenant et ensuite l'appareil.

– C'est pas possible, je t'ai dit, on m'a viré de chez moi. Mais tu as mes clefs comme garantie. J'ai besoin de conclure mon enquête pour toucher les thunes, tu comprends ?

– Hum, et tu dors où ?

– Où je peux.

– T'es à la rue ?

– Bah non… Enfin… si.

– On a une place pour ce soir, si tu veux.

– Non, non. Ça ira. Les chiffres, Hervé, tu sais, ceux qui sont sous les pictos, tu as une idée de ce que c'est ?

Il hausse les épaules, arrache une herbe folle et la jette en direction du périphérique.

– Des coordonnées ? On avait ça dans la marine. J'ai été marin pendant dix ans.

– Il s'est passé quoi ?

– J'ai eu un accident. En mer. Maladie à l'oreille que je n'ai pas soignée. Depuis, j'ai des problèmes à la tête. Ataxie.

– Ataxie ?

– Problème de coordination des mouvements, ils disent. J'arrive plus à marcher normalement ou à faire deux choses en même temps.

– Ça se voit pas.

– En mer, ça se voit.

Un vent violent rabat mes cheveux sur mon crâne. Hervé me regarde de ses yeux bleus. De belles rides creusent son visage venu de loin. Je n'arrive pas à imaginer ce que peut être la vie de ce type et comment il fait pour survivre, garder un regard vif, s'occuper de sa sœur, m'inviter à dormir « chez lui ». Je me mets à trembler de tout mon corps. Une douleur me brûle la trachée et me plie en deux. J'ai vraiment besoin d'une pause. Je me tourne vers lui.

– Quand tu dis « une place », on parle de quoi exactement ?

| | | | |

Odeur. Mal de crâne. Une main sur mon épaule. Une haleine de crapaud. Où suis-je ? Le monde est à l'envers. Froid. Un duvet. Je suis enroulé dans un duvet crasseux. J'ouvre un œil puis l'autre. Jour. Pâle fraîcheur. Sentiment mitigé.

– C'est l'heure.

Un Golgoth se tient à côté de moi, en tailleur. Nous sommes dans une tente. Je remets les choses en ordre.

– Quelle heure ?

– Huit heures.

– Laissez-moi dormir.

– Tu nous as dit de te réveiller à huit heures

J'ai dit ça, moi ? Il me tend une tasse de café fumante. Je fais le point. Une toile de tente. Un mini-radiateur électrique. J'ai dormi à côté du ninja et de son sabre enfilé dans son fourreau. Je recolle les morceaux. Nous avons fini la bouteille ensemble. On s'est bien éclatés. Le mec est adorable. Un migrant qui a fait des études d'ingénieur dans le nucléaire, avec une connaissance inouïe sur les étoiles et les mangas. Il m'a fait une carte détaillée du ciel et de son top 10 des meilleurs shōnen. Combien de temps ai-je dormi ? J'entends des voix d'enfant dehors. Des rires. Huit heures. La Voie. Je dois retrouver les signes avant eux. Bouge-toi, Plamensen. Je plonge ma main dans mon manteau. L'appareil photo jetable. Hervé me l'a filé. Il m'a fait confiance, je ne dois pas le décevoir. OK. J'attrape la tasse de café.

Le soleil est encore loin de fendre la brume matinale. Les enfants se préparent. Pour quoi ? La manche, me dit-on. Monde de merde. Hervé est déjà parti. Une femme s'approche de moi et me serre la main. Elle ne parle pas français. On m'explique que c'est la sœur d'Hervé et qu'elle me remercie pour ce que je vais faire pour eux. Les petites, qui ont quatre et six ans, me tirent dessus avec une sorte de sarbacane de leur confection. Je leur tire ma révérence, et ça les fait marrer. Je garde la face devant eux, ils le méritent. Mais je dois filer. J'explique au ninja que je dois leur fausser compagnie. Il m'embrasse sur le front. Beauté inattendue.

Je remercie pour l'hospitalité et ressors par le grillage comme un éclopé. Un reste de douleur. Un passant croise mon regard. Il fait un « non » de la tête comme pour me signifier sa désapprobation. Constructif comme réaction. J'ai un mal de tête de malade mental et la nausée jusqu'à ras bord.

Je fonce dans une pharmacie. Plus un rond. Impasse financière. Appeler de Breuil ? Non. Il va me prendre de haut et j'ai plus la force de supporter ça, pas après ce que je viens de vivre. Et puis, y a quelque chose qui n'arrête pas de rebondir dans ma tête depuis hier le concernant, et ça n'a rien à voir avec l'alcool.

Je fonce vers le premier café que je vois. Je vise la chaleur et une prise de courant. Le serveur veut me foutre dehors. Je mets quelques secondes à comprendre. Il me prend pour un clochard. Bordel, il a raison. Je lui plaque ma carte bancaire sous le nez et vais m'installer, contre son gré, à une table. Je branche mon tél, commande un allongé et un croissant de ma voix la moins éraillée possible.

Et maintenant Saint-Bernard.

– Yo.

– Yo.

– Qu'est-ce tu me veux, vieux loup ?

– Ça me racle le cul de te demander ça de but en blanc mais il me faut des thunes. En urgence.

– Tu ne me dois pas déjà de l'argent ?

– Si, mais ce coup-ci, c'est de ta faute, tu me dois bien ça !

– De ma faute ?

– Le boulot que tu m'as refilé. De Breuil.

– Tu rigoles ? C'était censé être un truc facile qui paie bien !

– Ouais, on va dire que ça a un peu dégénéré. Bon, je dois te supplier ?

– Tu veux combien ?

– 300, ça ira.

– C'est tout ?

– Écoute, la situation n'a pas pris la tournure que j'espérais. Je le ferais pas si c'était pas… important.

– Tu ne peux pas te contenter de faire un boulot normalement, mon vieux loup ?

– C'est pire que ça… Bref. Cette fois, je ne vais pas me chier. Pour une fois dans ma vie, je vais faire un truc… jusqu'au bout.

– Je te fais le virement.

– T'es un dieu.

– Bah, voilà la contrepartie, tu vas devoir changer mon nom dans ton répertoire maintenant.

– Saint-Bernard, c'était pas assez ?

– Non. Bon, mon vieux loup, si tu as fini, je dois y aller. Tu me raconteras tout dans le détail devant une bonne mousse quand tu auras fini… ton truc.

– Attends ! J'ai une dernière chose à te demander…

– Balance.

– De Breuil, tu le connais d'où ?

– C'est si important ?

– Ouais, crois-moi.

– C'est un collègue, un fils à papa qui possède plusieurs entreprises cotées, qui m'en a parlé.

– Tu as confiance en lui ?

– Bof, non. Mais il sait flairer les bons coups.

– Et qu'est-ce qu'il t'a dit sur de Breuil ?

– Pas grand-chose, à part qu'il est avocat que depuis peu. Il a fait banqueroute avec sa boîte. C'est un héritier, il n'y connaît rien, il était mal conseillé. Il a remonté la pente grâce à un sacré coup de bol. Mais il est tombé bien bas.

– Bien bas ? Raconte-moi un peu ça…

La conversation dure à peine cinq minutes, le temps pour mon cerveau d'enregistrer ce dont il a besoin. Lorsque je raccroche, mon téléphone a assez de batterie pour tenir quelques heures et mon compte est renfloué. Un vrai pote. Je paie mon café et sors de là en vitesse. Je me rends compte que j'ai un message de Sev :

S : Laisse tomber pour le rdv, on a trouvé. Love.

Je regarde l'heure d'envoi : sept heures du mat. Ils ont donc de l'avance sur moi mais pas trop. Je dois absolument faire développer les photos. En trente minutes, j'ai mes vingt-quatre clichés. Hervé a pris le nom des stations à chaque fois. Il a abattu un boulot de dingue… Je compile tout ce que j'ai avec la photo de la carte en ultraviolet et… j'ai de nouveau une collection complète de pictos !

J'achète un marqueur, une règle, un plan du métro et une batterie portative dans un bureau de tabac. Je me pose en terrasse d'un rade pourrave mais accueillant, et sors les clichés. Si je me contente de faire ce qu'a fait la Voie, je vais me retrouver avec ce même brouillamini de lignes et perdre mon temps. Hervé m'a parlé de coordonnées. Mais comment les utiliser et à quoi elles font référence ? Je fouille dans mon portable pour relire le passage de *La Voie.*

« Droite et bas, l'œil du taureau astral montre la Voie. Par-delà les patients silencieux, au cœur du cirque funèbre, sous les yeux vierges, derrière les parois de la connaissance, au fond des entrailles de la jouissance immobile et solaire, vous trouverez la voûte universelle. »

« Droite et bas ». Se pourrait-il que ça soit aussi simple ? Le premier chiffre, partir sur la droite et le deuxième, en bas ? Dans ce cas, pourquoi la secte n'y est pas parvenue plus tôt ? Ces chiffres pourraient très bien être des centimètres.

Je zoome sur leur carte UV. Si je me fie aux traits que je distingue, on dirait qu'ils ont essayé mais que ça n'a pas marché. Le report, si on l'applique en centimètre, semble indiquer des points en dehors de l'espace délimité par la carte alors… mauvaise unité de mesure ? Réfléchis à l'envers, mon vieux. Qu'a voulu faire le Grippeminaud ? Je regarde la bouche du métro à quelques mètres de moi. Et, soudain, je pige. Ces chiffres, ce sont bien des centimètres mais si on les applique aux cartes en vente partout, ça ne peut pas fonctionner ! Elles ne sont pas à l'échelle ! Le Grippeminaud s'est basé sur les grandes, celles qui sont dans le métro !

Je me précipite dans la station. Je repère une carte, me campe devant et commence le travail. Je prends deux terminus qu'il faut relier. Ensuite, avec la règle, je déplace le point d'autant de centimètres qu'il est indiqué. Ne me reste plus qu'à tracer des lignes entre les deux points. Un jeu d'enfant.

Après plusieurs minutes, la carte ressemble à une grosse toile d'araignée. Elle pourrait avoir sa place dans une galerie d'art contemporain. Je m'éloigne de quelques pas. OK, la forme pourrait signifier quelque chose, mais quoi ? Je passe mes doigts dessus alors que des passants me dévisagent ou me bousculent en rouspétant. Séverine et ses gus y sont arrivés, je devrais pouvoir être aussi malin que ces siphonnés. Je repasse la phrase du Grippeminaud dans ma tête.

« Droite et bas, l'œil du taureau astral montre la Voie. »

Le taureau astral… Se pourrait-il que… ? Je sors mon portable.

La vérité apparaît sur l'écran. Je n'en reviens pas.

La constellation du Taureau ! Ce mec était un vrai barge, mais peut-être bien un génie dans son genre. On peut voir les lignes de la constellation se dessiner parfaitement. Je m'approche. Trouver l'œil. Je vois les deux cornes et dans l'alignement de celles-ci… Si le taureau est de profil… oui. Je mets mon doigt dessus. J'ai trouvé !

– Bonjour monsieur, RATP, vous allez nous suivre, s'il vous plaît.

Je fais volte-face. C'est un agent de la RATP, muni d'un Flash-Ball à la ceinture. Un shérif des sous-sols. Il est accompagné d'un collègue qui doit faire deux mètres de haut. Pris en flagrant délit de détérioration de bien public.

– Je suis détective privé, j'enquête.

Le plus grand lâche un rire.

– Détective privé ? Comme dans les séries ?

– Non, comme dans la vie.

– Ça tombe bien, on a appelé la police, ils vont pouvoir vous aider. Veuillez nous suivre.

Je vois à leurs visages qu'ils me prennent pour un clodo barjot. Pas le temps pour ces conneries.

– Attendez, je crois…

Ma main s'enfonce dans la poche de mon manteau. Je sors alors une poignée de cochonneries de ma poche : mouchoirs imbibés de sang, tickets usagés, capsules de bières, morceaux de papier, sous-bocks griffonnés, pièces de centimes. Et les balance au visage du plus grand. Disparition ninja ! Je m'élance dans les escaliers. Les deux agents entament leur poursuite, absolument pas ralentis par mon subterfuge.

Je tourne dans une ruelle et pénètre dans le premier magasin que je vois. Les deux agents passent devant sans me voir.

– Je peux vous aider, monsieur ?

Je me retourne et prends connaissance des environs. Salon de coiffure afro. Mhhh.

– Je veux des tresses.

– Euh, pour vous ?

Je vérifie que les agents sont bien repartis.

– Excusez-moi, je peux juste rester là cinq minutes ? J'avais pas mon titre de transport et… Ça vous dérange ?

La coiffeuse me regarde, amusée, hausse les épaules et retourne vers sa cliente à qui elle est en train de mettre des rajouts de couleur pourpre.

– Pas plus de cinq minutes !

Les deux femmes rigolent. Je les rejoins d'un rire grotesque qui les coupe net dans leur élan. Toujours trop loin, Plamensen.

Je crois que je suis en train de péter les plombs. Pression artérielle trop élevée. Il me reste un truc à faire maintenant.

Je sors mon portable et envoie les photos de tous les pictos à de Breuil via son application, avant de l'appeler aussi sec.

– Alors, heureux ?

– Je n'aime pas vos manières.

– Mais en attendant, j'ai fait le job.

Il ne répond pas, il doit consulter les photos.

– Je vois ça.

– Vous me payez, monsieur de Breuil, et nous en avons fini.

– Ce sera fait. Je suis impressionné par votre rapidité, voyez-vous ? Je me demande même comment vous avez fait… Vous toucherez l'argent lorsque j'aurai vérifié l'authenticité de ces pictogrammes.

– Vous n'avez pas confiance ?

– Oh que non. La vie m'a appris à ne pas faire confiance à n'importe qui.

– Votre vie ?

– Vous n'avez rien à craindre si vous n'avez pas triché, vous allez pouvoir vous saouler jusqu'à plus soif.

– Vous vous trompez sur moi.

Plus de tonalité. Il a raccroché. On m'interpelle :

– Eh, monsieur, c'est pas un *call center* ici !

– Désolé, et merci pour la planque !

Je marche un peu pour reprendre mes esprits. Je pourrais m'arrêter là. Allez profiter de l'argent de Saint-Bernard, me prendre une chambre d'hôtel en prévision de ce qui va pleuvoir sur mon compte. Commander du champagne et des gros cigares. Inviter quelques âmes esseulées comme moi à partager mon banquet. Oui, je pourrais. Mais c'est pas mon genre. Y a trop de gens qui ont cru apprendre à une buse comme moi à voler. Trop de gens qui se sentent au-dessus. J'ai vu ce qu'enduraient Hervé et ses comparses. Les fantômes… Tu parles. Pas pour moi. Vous n'avez rien à voir avec des revenants. Il est hors de question que je laisse la Voie mettre la main sur le secret du Grippeminaud. Je n'ose même pas imaginer ce que ça pourrait donner. Et il est hors de question que de Breuil y ait accès. Un message de plus ne donnera rien de bon dans sa petite tête trop pleine.

« Par-delà les patients silencieux, au cœur du cirque funèbre… »

Mes yeux se posent sur une carte du métro vierge de dessins. À un endroit très précis.

L'institut médico-légal en bord de Seine.

La morgue du XIIe arrondissement de Paris…

La ligne 5 s'engage sur la voie aérienne après la gare d'Austerlitz. Je me penche vers la fenêtre au moment où nous survolons la Seine. Les pieds qui soutiennent le pont – deux énormes colonnes de pierre – sont couronnés par des têtes de taureau. Coïncidence ? J'aperçois, de loin, l'immense et sinistre bâtiment de briques rouge délavé. Je vais devoir trouver un moyen de m'infiltrer dans cette forteresse…

Le train passe juste à côté de l'institut médico-légal. Je scrute les toits gris de ses différents bâtiments. Barrières. Caméras. L'endroit est consciencieusement sécurisé. Nous nous engouffrons dans un tunnel pour rejaillir dans la station en extérieur.

Un léger soleil filtre à travers de floconneux nuages blancs et illumine l'arrêt Quai de la Râpée. Il y a toujours un court instant de flottement quand le quai est vide. Avant que de nouveaux voyageurs viennent prendre leur tour. Je hume l'air sec et froid. C'est dimanche matin, il n'y a pas grand monde. Il va falloir que je pense comme le Grippeminaud. C'est le seul moyen que j'ai pour pénétrer le bâtiment. Il a forcément laissé des indices. C'est comme ça qu'il fonctionne. Je regarde autour de moi. L'endroit respire, il n'est en rien similaire au terrier que je cherche mais… Mes yeux se portent au loin, en direction du tunnel que nous venons de traverser. Oui. La Souricière. Les tréfonds. L'enfer calme et tamisé. Le Grippeminaud enfonce sa truffe dans le sol et déterre les immondices. Le Grippeminaud s'enfonce dans les entrailles du monde souterrain.

Prochain métro dans trois minutes. Je m'approche du bord du quai. Là où ils ont récemment installé une petite grille pour ne pas passer « inopinément » sur la voie – de l'autre côté du miroir…

« Il y a un petit moment, très court, lorsque le métro entre en gare, qui provoque une baisse de tension. »

Sacré Hervé ! Combine foireuse mais fiable. La grille n'est pas haute, mais l'escalader au moment où un train passe n'est pas l'activité la plus agréable – ou intelligente – à laquelle je me sois adonné. Pas le choix.

J'entends le frottement métallique des roues contre les rails et aperçois deux yeux lumineux à la sortie du tunnel. Je lance un ultime coup d'œil à la caméra. Pourvu que ça marche. Le train arrive à quarante kilomètres-heure et commence à ralentir. Quarante kilomètres-heure, c'est assez pour réduire en bouillie un corps humain. Le frein crisse. Le premier wagon passe devant moi. C'est maintenant. Je prends une grande inspiration et me jette sur la grille. Elle n'offre aucune prise pour les pieds, je glisse. Je dois utiliser toute la force de mes bras pour me hisser alors que le train fait siffler le vent dans mes oreilles. Je lève mon buste par-dessus le faîte. Il faut que je me dépêche. Je passe une première jambe qui frôle le wagon. J'aperçois le cul du train sortir du tunnel. Plus le temps. Je me laisse tomber dans le petit espace entre les rails et la barrière. La force de la vitesse fait désagréablement claquer mon manteau.

Vite. Je me relève d'un bond et me précipite en boitant dans le tunnel tandis que les rames régurgitent les passagers. Personne ne m'a vu. J'espère.

Je m'engouffre dans le tunnel. Odeur de métal. De poussière ancestrale. De rouages enraillés. Je longe la paroi rocheuse parcourue de gros câbles noirs mal attachés entre eux et discerne rapidement un embranchement. Une double voie, certainement utilisée pour le dépôt de wagons de rechange, qui s'enfonce exactement sous l'endroit que je devine être l'institut médico-légal. Je traverse précautionneusement les rails. Le courant passe quelque part sous mes pieds. J'emprunte la voie de droite. La plus sombre. Les bruits de la civilisation s'estompent. Il y a bel et bien un train à l'arrêt et pas l'ombre d'un employé. Cet endroit n'est pas fait pour le visiteur. Tout est vétuste. Le sol est humide, le ballast brunâtre et usagé. De faibles néons grésillent et illuminent de manière intermittente les coins d'ombre. Soudain, je perçois quelque chose. Une forme. À peine discernable. Un tag. Assez petit. Il représente une spirale... Bon sang. C'est lui. C'est lui qui l'a peinte, j'en suis certain. C'est dans le style des pictos.

Je n'entends maintenant que le cliquetis de gouttes d'eau et, au loin, le départ de la rame. La cohue parisienne s'est figée à l'instant où j'ai mis les pieds sur cette voie. Comme dans une bulle. Un îlot de calme froid. Isolé. Terriblement isolé.

Au bout de plusieurs mètres, j'arrive à l'extrémité du second tunnel. J'y vois un heurtoir. Je contourne le wagon de queue et me dirige de l'autre côté de la paroi. Il y a une porte éclairée par un néon blanchâtre après trois marches en béton. Plus j'approche, plus mes doutes se confirment. Je repère une nouvelle fois la marque. Toute petite. Près de la porte. Je ne suis pas le seul à la découvrir aujourd'hui : un cadenas découpé pendouille piteusement au bout d'une chaîne retenue par un anneau mural. Système de verrouillage de fortune. Je me demande où vont les bénéfices des amendes RATP... Pas là où les yeux ne peuvent pas se poser, manifestement. C'est une règle élémentaire.

Lentement, je tire la porte. Elle couine dans un bruit de ferraille rouillée. Je tente un rapide coup d'œil à l'intérieur. C'est une remise. J'allume la torche de mon smartphone. La salle est recouverte de poussière, toiles d'araignée, miasmes séculaires non identifiables sur des objets dont personnage n'a eu l'usage depuis longtemps. Câbles, morceaux de bois, vis, clous et barrières de sécurité cassées. Je déplace ma lampe vers le sol. Des pas. Beaucoup de pas. Sev est loin d'être seule. Le sillon se dirige vers… une autre porte. Celle-ci était verrouillée par des fermoirs en acier soudés et chevillés dans le béton. Ils ont tous été arrachés et jonchent le sol comme des gardiens tordus et humiliés. J'avance et entrouvre la porte mise à nu. Des escaliers mènent à un étage au-dessus. Je réfrène un grelottement. Je ne me suis pas trompé. C'est là. Là que tout se passe. Le cœur du secret. Je déglutis et avale les marches deux par deux.

Encore un verrou brisé au pied d'une porte en métal jauni. Au moins, ils m'auront mâché le boulot. Je la pousse silencieusement et me retrouve à l'extrémité d'un couloir de carreaux blancs. Comme ceux du métro mais de forme carrée. Odeur de moisissures. Je tends l'oreille. Néant.

J'avance au milieu de ce couloir blafard. Plusieurs panneaux fléchés indiquent les directions. Chambre froide. Amphithéâtre. Salle d'autopsie. Sauf que tout a l'air de dater d'un autre siècle. Je détaille ce qui se trouve autour de moi et comprends. Je me trouve dans une aile désaffectée du bâtiment. Abandonnée. Pourquoi ? Parce que trop profondément creusée dans le sol, trop proche de la Seine. Je me souviens d'avoir vu passer l'info y a un bail. Dégât des eaux, monsieur le proprio. On ne peut rien contre ça à part fermer boutique. Paris s'effrite par le bas.

J'atteins enfin une intersection. Une porte fermée et une porte en bois entrebâillée. Au-dessus de cette dernière, je distingue le mot « AMPHITHÉÂTRE », gravé sur une petite plaque de bronze. Je me glisse à l'intérieur. Je n'ai qu'à suivre les portes ouvertes. La lumière de mon smartphone révèle une grande pièce en arc de cercle. Les gradins sont atypiques : la hauteur entre chaque rangée est plus grande que celles des gradins de la fac ou des cinémas et l'inclinaison plus importante. L'effet est déstabilisant. Un public dominant en contre-plongée… En face, un tableau surmonté d'un écran blanc rongé par l'humidité, et au centre une table nue en inox.

Je braque la torche vers une porte de l'autre côté de la pièce, elle aussi entrouverte. J'avance et découvre un couloir plus étriqué, se terminant par une série de marches. Je peux apercevoir de la lueur tout en haut. Et des bruits. Des râles. Et une musique baroque. Je ne suis pas loin… Si la secte est encore là, c'est qu'ils n'ont pas encore trouvé le secret. J'ai une chance de les court-circuiter.

Je monte les marches telle une souris et débouche devant une autre porte dont la serrure a été forcée. Je la pousse. L'étage est beaucoup plus propre. Pas d'odeur désagréable à part celle du désinfectant. De nouveau, un long couloir. Je viens de basculer dans une aile en activité de l'institut mais inoccupée le dimanche matin. La lumière provient d'une pièce à quelques mètres de moi. Je lis la plaque vissée à l'entrée : « Chambre froide ». J'aperçois un amas de manteaux au sol sur lequel on a posé un objet rouge. Un pied-de-biche. Celui qui les a aidés à fracturer tous les verrous. Je le récupère discrètement. Au cas où. Je suis juste au niveau de l'encadrement de porte. La lumière vacillante rappelle celle des bougies. J'entends des complaintes. Ils sont en plein rituel. Je pousse très légèrement la porte…

Et je vois un pantalon par terre. Un deuxième. Puis une chaussette. Une montre. Un téléphone. Un caleçon. Mon cerveau mouline avant que mes yeux ne se posent sur le spectacle effroyable.

Des corps.

Nus.

Des chairs qui se frottent. Des mains qui s'étreignent. Des gémissements de plaisir. Un tas de personnes enlacées. Certaines vivantes et d'autres…

Mortes!

Chaque frigo a été ouvert et sa table en inox extraite. Chaque corps mort a été exhumé de son tombeau provisoire. Des bougies sont installées dans les angles. Et des sachets traînent au sol. De la drogue. Constat glacial: la secte fornique avec les trépassés en étant défoncée. Une orgie répugnante. D'un côté, l'œil avide à la pupille totalement dilatée du vivant drogué, de l'autre, un corps aux membres rigides et tendus. Je vois: une bouche entrouverte sur un visage diaphane. Je vois: une main qui étreint un sein dont la texture ressemble à de la cire. Je vois: une femme s'empaler sur le membre presque cassant surplombant un ventre bombé. Je vois: un sexe pénétrer difficilement un orifice rigide. Je vois: des doigts raides comme des bouts de bois. Je vois: le sommet d'un crâne chauve et maquillé frapper frénétiquement le rebord d'un frigo au rythme des secousses. Je reconnais: un corps tatoué. Celui de Séverine.

Elle chevauche un homme sans âme comme elle m'a chevauché moi. À califourchon. Elle gémit de plaisir, constellée de sueur, sa carapace noire sur le dos. Je me vois à la place du mort. Entre les jambes de la Faucheuse. Le regard éteint. La vie aspirée. Je me vois mourir entre deux secousses. Alors, j'hallucine: des mouches. Des points noirs. Des miasmes de la raison qui viennent brouiller ma vision. Je sens: ma conscience s'échapper. Je sens: un goût acide remonter le long de ma trachée. Ma gorge se transforme en une plaine aride et craquelée. Ma main vient s'appuyer sur le chambranle au moment où je tangue pour me rattraper. L'envie de vomir. Les tempes qui bourdonnent. Je voudrais effacer ces images. Tout effacer à grands coups de whisky. « Au fond des entrailles de la jouissance immobile et solaire… » Le message. Tout ça, pour ça ? Une copulation sépulcrale ? Le péché ultime du créateur ? La fusion blasphématoire qui engendrera l'antéchrist ? C'est ça, la révolution de l'autre timbré ? Cette foire monstrueuse ? Je vais défaillir au moment où Johnny Cash décide, une fois de plus, de réciter sa chevauchée galopante à travers le haut-parleur de mon portable.

Je me planque immédiatement derrière le mur et coupe l'appel. Je tends l'oreille. Ils n'ont pas l'air d'avoir entendu quoi que ce soit, tout à leur extase infinie. Leurs gémissements me dégoûtent. Je retiens un nouveau haut-le-cœur. Je n'ai plus rien à faire ici. Une santé mentale à perdre. De Breuil avait raison. J'aurais dû me contenter de faire ce qu'on me disait. Rester dans ma case. Celle qu'on avait choisie pour moi. J'aurais dû…

Je me passe une main sur le visage. Mes pieds ont fait demi-tour d'eux-mêmes. Mon corps veut fuir cet endroit. Ils sont fous. À tout moment, quelqu'un peut arriver et leur tomber sur le râble. Que se passerait-il pour moi si j'étais pris dans le sac ? « Non, moi j'étais juste là pour regarder ? » Putain, le monde part en couille.

Je dévale les marches. Mon téléphone se remet à sonner. Numéro inconnu. C'est quoi, ce bordel ? Je décroche en entrant dans l'amphithéâtre et referme la porte derrière moi pour masquer le bruit.

– Ouais ?

– Ah ! Vous répondez enfin ! C'est à cause de vous que…

Une voix de femme.

– … que je me suis fait licencier. Sans sommation. Vous imaginez l'angoisse ? Non, sûrement pas, monsieur le détective est plus malin que tout le monde, monsieur le détective s'en fout de foutre la merde.

Je suis fatigué et nauséeux. Sa mitraillette de mots me lacère l'esprit. Je ne connais pas cette furie...

– C'est qui ? Je ne peux pas vous parler là, tout de suite...

– Oui, vous êtes trop occupé à bosser, c'est ça ? Est-ce que vous avez une idée de...

– Ça capte mal, je suis dans un trou.

– Un trou ? La blague ! Parce que vous m'y avez mise au trou, et un trou sans fond !

La lumière de mon téléphone vient balayer le dos de la porte. Il y a une inscription dessus.

– Je fais quoi, moi ? J'ai pas d'enfants, mais j'ai des dettes.

– Écoutez, je sais pas ce que vous me voulez mais...

Je braque mon téléphone en direction du mot : « Conscientia ». Du latin. Ça ne veut pas dire « conscience » comme on pourrait le croire mais « connaissance ». J'ai gardé quelques notions de mes cours de la fac. Et alors, quelque chose s'allume pendant que l'inconnue continue de se déchaîner à mon oreille :

– C'est très simple, j'ai des dettes et vous allez me les payer, puisque c'est à cause de vous qu'Armand m'a virée !

– Ah ! La secrétaire du prince des ténèbres, tiens donc. Je vous rappelle.

Je raccroche. J'ai besoin de silence. Il se passe quelque chose. Je repense à la phrase clef : « *Droite et bas, l'œil du taureau astral montre la Voie. Par-delà les patients silencieux, au cœur du cirque funèbre, sous les yeux vierges, derrière les parois de la connaissance, au fond des entrailles de la jouissance immobile et solaire, vous trouverez la voûte universelle.* »

Mon attention est entièrement absorbée par l'espace dans lequel je me trouve. La Voie a-t-elle vraiment suivi les consignes ? Je pige enfin ! Un amphithéâtre en demi-cercle : le cirque funèbre. Les sièges des étudiants : les yeux vierges. Le message dit « par-delà les patients silencieux… » *Par-delà !* Putain, et si le message n'avait rien à voir avec la morgue juste au-dessus de moi ? Mon cœur fait un bond. Le cirque funèbre. Les parois de la connaissance. Mes yeux se braquent sur le tableau grâce auquel se transmet la connaissance.

Je m'avance sur l'estrade. Le bois grince et semble se plier sous mon poids. *Derrière les parois de la connaissance.* Derrière. Je rabats l'une des parties du tableau. Le mur derrière est gonflé. Humide. Je palpe et… mon sang se fige. Au début, je confonds ce que je vois avec une fissure dans les carreaux, mais non. Je me rapproche. C'est un symbole. Minuscule. Un pictogramme. Cette foutue spirale.

Je brandis le pied-de-biche. Tant pis pour le bruit. C'est ici. C'est ici que tout se termine.

Je frappe. La faïence des carreaux blancs se fissure puis se brise. Des éclats volent autour de moi. Puis j'arrache des morceaux entiers du mur qui s'effondre à mes pieds. Je détruis les parois des morts. Je casse une couche de plâtre. Une croûte. Elle éclate. Plus je fends le mur, plus l'humidité est palpable. Le pied-de-biche s'enfonce. Il y a une cavité. On dirait de la terre argileuse. J'en enlève des morceaux entiers et… je touche quelque chose qui craque. À l'aide de l'extrémité recourbée de mon outil, je détache plus précautionneusement les blocs. Une odeur de putréfaction assaille mes narines. Tenir bon. Merde, quelle était la suite de la phrase ? « *Au fond des entrailles de la jouissance immobile et solaire.* » Si ce n'est pas les morts de la morgue, alors qu'est-ce que… ?

Le pied-de-biche heurte un petit objet blanc. Je n'arrive pas immédiatement à savoir ce que c'est. Je déblaye autour et… La forme d'une main se révèle. Blanche comme un os.

Je m'arrête une seconde. Essoufflé. Je n'en reviens pas. Il y a un cadavre là-dedans. Depuis combien de temps ? Le cadavre de qui ?

Je pense aux membres de la Voie qui sont en train de baiser des morts. Qui n'ont rien compris. Ces dégénérés n'ont pas pris le temps de déchiffrer le message. C'est à s'en tordre de rire.

Je dégage le reste en quelques secondes. Un amas d'argile recouvre le sol. J'ai maintenant, en face de moi, un corps en partie conservé engoncé dans son cocon. Une momie. Je reconnais les courbes d'une femme. Elle se tient debout, les orbites creuses et sombres comme des trous noirs. Un rictus aux lèvres. Non, elle n'a plus de lèvres. Juste une rangée de dents jaunies qui menacent de tomber. L'odeur est insoutenable. Je pense à la bouteille de bourbon que je vais m'offrir quand tout sera terminé. Au resto qu'on va partager avec Hervé, sa famille et son pote ninja. Elle semble presque nue. Je devine la relique d'un soutien-gorge et d'une culotte. Je regarde attentivement. Un porte-jarretelles ? Et puis… je m'arrête. Il y a un signe sur sa poitrine. Difficilement discernable dans l'état où est sa peau. Pourtant, on ne peut pas s'y tromper : un soleil. Ce n'est pas un tatouage mais une scarification.

Et je sais très bien à quoi elle fait référence.

Habib Cherki dit le Canif…

Un maquereau du IXe arrondissement qui, du jour au lendemain, s'est mis à tuer toutes les prostituées de la concurrence en leur taillant un soleil sur la poitrine. Je pourrais parier que son dossier se trouve dans la collection de de Breuil. Et donc ? Que signifie ce cadavre ?

Est-ce que…

Oh oui…

Je ne pige que trop bien.

La jouissance.

Cette putain de phrase horrible.

Dans les entrailles de la jouissance immobile et solaire.

Non. Pas ça.

Je regarde le ventre du cadavre.

Dans les entrailles.
Dans les entrailles.
Dans les entrailles.

Tant pis, j'irai au bout. Je ne m'arrêterai pas. Non. Je remonte mes manches, crache au sol dans l'espoir de me libérer de cette acidité atroce qui colonise ma cavité buccale. Je prends une inspiration rocailleuse et enfonce mes doigts dans les entrailles. Ils pénètrent la peau sans difficulté. La sensation est indescriptible, écœurante. De la pâte à modeler. Je fourre mon nez dans ma manche et ferme les yeux. La fouille viscérale semble durer une éternité et, au moment où j'envisage d'avoir mal interprété le message à mon tour, le bout de mes doigts entre en contact avec quelque chose de plus dur. De froid. Je l'attrape et l'extirpe de la gangue humaine.

Une boîte.

Magnifique, malgré la mélasse qui l'englue. Moi, Plamensen, j'ai entre les mains la saloperie que le Grippeminaud a cachée avec tant de soin. L'objet convoité. Je le pose sur la table en inox. J'ôte mon manteau et essuie la boîte avec. Elle est ornée par les quinze pictos sur le dessus et par la spirale sur la face avant. Qu'y a-t-il là-dedans qui vous a tous rendu fous ? Je hausse les épaules et ouvre la boîte.

Mes yeux s'écarquillent alors que je prends connaissance de son contenu. C'est ça ? Son plan pour changer le monde ? Non. Ce n'est pas possible. Un vertige me saisit alors que je réalise toutes les conséquences possibles à ce qu'il y a dans cette boîte.

Un bruit me sort de ma transe.

À quelques mètres derrière moi, Séverine me tient en joue avec un Luger. Ses pupilles sont deux énormes cercles noirs et elle est nue comme un ver.

– Qu'est-ce qu'il y a dans la boîte ?

Ses yeux sont gagnés par la détresse et je me rends compte à quel point elle est jeune. Ses mains tremblent sur le Luger qu'elle tient avec maladresse. Je sens sa confiance craquelée, fissurée. Son regard oscille de manière chaotique entre la boîte et le cadavre engoncé dans l'argile. Elle comprend qu'elle a baisé un mort par erreur. Drôle. Je fais un pas dans sa direction. Elle secoue la tête comme si ça allait m'arrêter. Lorsqu'elle voit que ça n'a pas d'effet, elle hurle :

– Stop !

– Laisse tomber…

Je continue d'avancer, elle recule.

– Il y a quoi dans la boîte ?

Elle raffermit sa prise sur le Luger.

– Je vais te coller une balle dans le crâne si tu avances encore, tu entends ?

– Et après, tu vas faire quoi ? Violer mon cadavre ? Tu te sens un peu con, d'un coup, non ? Ça fait quoi de se taper un macchabée… pour rien ?

– Ta gueule !

– J'ai vu ce qu'il y a dans la boîte. Et crois-moi, vous n'avez absolument rien pigé au message de l'homme que vous vénérez. Il aurait une bien piètre opinion de vous…

– Ferme ta grande gueule et file-moi la boîte !

– Tu veux la boîte ?

J'avance encore d'un pas. Elle recule mais son talon glisse sur le bord de l'estrade.

– Attrape !

Je lui balance l'objet qui décrit un superbe arc de cercle. Le temps se fige. Ses yeux se concentrent entièrement sur la courbe qu'il est en train d'effectuer. Tout son corps nu se tend. Mais alors qu'elle commence à s'élancer, je me jette sur elle. La boîte tombe dans les gradins. Et, elle et moi, nous nous percutons de plein fouet. Dans notre chute, mon épaule percute un gradin, et sa tête le rebord d'un siège. Je l'entends crier de rage. Je lui attrape un bras, celui qui tient fermement le Luger. Elle se débat. Nous roulons ensemble au milieu de la pièce. Je sens sa transpiration et son corps nu contre le mien. C'est un étrange mélange de sensualité et de dégoût qui se mêle à l'odeur nauséabonde du cadavre. Elle me griffe. Je me contorsionne et arrive à récupérer le Luger au moment où je bascule au-dessus d'elle.

Je lui plaque le canon sur la tempe mais elle se marre. Des filets de sang entre les dents. Le poids. Le Luger est léger. Je le regarde attentivement. Du plastique. Un jouet. Elle se met alors à hurler à l'aide.

– T'auras jamais fini de faire chier, toi, hein ?

Je lui mets une main devant la bouche. Elle me mord. Je gueule à mon tour en me levant pour récupérer la boîte. Elle m'agrippe la jambe et se rue sur moi comme un démon. Elle vocifère et, déjà, j'entends des pas dévaler l'escalier. Je la repousse violemment. Elle bascule en arrière et atterrit sur l'estrade, dans les débris d'argile. Lorsqu'elle essaie de se relever, elle glisse et tombe sur le sol. Le cadavre, soumis aux vibrations, se déloge alors de son tombeau. Elle crie et tente de repousser ce qui s'abat sur elle. La voilà, ta jouissance.

L'armée de fidèles franchit la porte de l'amphithéâtre. Je décampe et gravis les marches des gradins pour récupérer la boîte. Hors de question de leur laisser le secret. Ils se lancent à ma poursuite en faisant le barouf d'un troupeau d'éléphants.

Je finis par atteindre le balcon en surplomb, où je me retourne. Ils me talonnent. Je saisis alors un chariot à roulettes à proximité et leur envoie à la gueule.

Elle percute un premier fidèle qui entraîne les autres dans sa chute, ce qui me laisse le temps de franchir la porte en face de moi. Je trace dans un couloir mais je les entends déjà repartir à mes trousses. Au bout, deux portes. J'en essaie une. Elle est fermée. L'autre s'ouvre et donne sur des escaliers qui montent. Je ne réfléchis pas et les enfile en quelques secondes. J'atterris dans une grande pièce équipée de plusieurs tables en inox. Des éviers. Des paillasses. La salle de nettoyage des corps. Je referme la porte derrière moi et pousse, contre celle-ci, l'une des tables de façon à ce qu'elle bloque la poignée. La bande de furieux tente de forcer l'entrée avant de se plaquer contre la petite lucarne vitrée en vociférant. On dirait des animaux enragés. Les pupilles noires comme l'espace. Dans la meute, je reconnais bec-de-lièvre. Si ce type met la main sur moi…

Je traverse la pièce et franchis une autre porte. Un couloir. Un panneau fléché indiquant la chambre froide. Retour à la case départ. C'est parfait. Je suis la direction indiquée à petites foulées. Dès qu'ils auront compris qu'ils peuvent faire demi-tour pour me retrouver, je serai cuit. Il faut que je fasse vite. J'arrive à la chambre froide par la porte de derrière et me fige.

Un type est assis sur l'une des tables coulissantes d'un frigo. Il fume une cigarette en laissant pendre ses pieds dans le vide. Il tourne un visage épuisé vers moi, pousse un petit rire et s'allonge à côté de son partenaire décédé avant de l'enlacer. Je reconnais cet homme :

Antoine. Mon sang se glace, mais il a l'air de n'en avoir rien à faire de ma présence. Lui, il a trouvé sa voie, semble-t-il. Malade.

Je le laisse à sa contemplation post-coïtale et continue mon chemin. J'aperçois la sortie tout au bout du couloir, la porte par laquelle je suis entré, lorsque je dérape légèrement sur le sol. Je remarque alors un résidu anormal. De la boue. Non. De la glaise. Il y a des empreintes argileuses qui disparaissent derrière l'une des portes du couloir. Quelqu'un a fait demi-tour. Quelqu'un qui a marché dans la… La porte s'ouvre d'un seul coup.

J'ai à peine le temps de me baisser pour éviter un pied-de-biche qui vient fracasser le mur derrière moi. Séverine pousse un rugissement. Je lui fonce dessus sans hésiter. Sa main entre en collision avec la porte encore ouverte. Elle lâche l'arme mais m'envoie son genou dans les couilles. Je sens monter en moi une douleur foudroyante qui me désarçonne. Seule une plainte étouffée émane de ma gorge serrée. Elle en profite pour me grimper dessus et tente à nouveau de me mordre. J'ai l'impression d'avoir une bête sur le dos. Un insecte à la chitine monstrueuse. Increvable.

Sa meute va finir par nous rejoindre. Pourquoi il n'y a personne dans cette putain de morgue ? Elle me tire les cheveux. Je me retourne et me projette contre le mur. Une fois. Deux fois. À la troisième, sa tête heurte un tuyau. Bruit sourd ; la prise se desserre. Elle chute, étourdie. La meute approche en jappant. Séverine tente mollement de m'attraper le pantalon. Je lui réponds d'un coup de pied dans le nez duquel jaillit un filet de sang. Elle part à la renverse et s'étale sur le dos. Je récupère le pied-de-biche et fonce vers la porte.

Je la franchis, dévale les escaliers, traverse l'amphithéâtre à toute allure en faisant attention de ne pas glisser, puis le couloir, le dernier, et enfin, la salle poussiéreuse. Sur mon passage, les miasmes d'autrefois se soulèvent en volutes éphémères. Une fois dans le dépôt, je referme la lourde porte de fer derrière moi. J'enfonce le pied-de-biche dans l'anneau de métal et verrouille la sortie. Quelques secondes plus tard, j'entends les cris et les corps nus se fracasser et tambouriner de l'autre côté.

Le pied-de-biche tient. La porte tient.

Ils sont pris au piège.

Je reprends difficilement mon souffle et mes idées. Il ne reste plus qu'à la police la tâche de les récolter et de se démerder avec ces zombies dégénérés. Au moins, ils n'auront pas mis la main sur le secret. Je pose les yeux sur cette foutue boîte poisseuse.

J'entame le retour le long de la voie. Je me fous pas mal de la procédure pour échapper aux caméras. J'en ai plein le dos. Je suis en miettes. Je ne sens plus mes valseuses et les différentes morsures diffusent à présent une vive sensation de brûlure. Aucun train dans les parages. Les rares usagers s'éloignent en me voyant arriver. Ils doivent penser que je suis un clodo de la pire espèce. De ceux qui vont où ils veulent, quand ils veulent. De ceux qui sont les causes premières de l'arrêt d'urgence des rames car ils marchent sur la voie, simplement parce qu'ils y ont vu un mégot encore potable ou parce qu'ils sont fous. La pire espèce. C'est ce que je lis dans leurs regards. S'ils savaient comme je m'en tamponne.

Le ciel s'assombrit. L'hiver est intransigeant. Il nous confronte sans arrêt aux ténèbres. Je tiens dans ma main la boîte ouvragée. Que faire ? Est-ce que le monde a *besoin* de poser les yeux sur ce message ? Est-ce que le monde *doit* savoir ? Est-ce qu'il sera assez sage pour le décrypter correctement ou est-ce que le Grippeminaud passera pour un génie ? Sa doctrine sera-t-elle lue et décortiquée par des meutes d'adolescents en quête de sens ? N'avons-nous pas assez d'illuminés ? Notre monde n'est-il pas déjà cerné par les trous noirs ?

– Plamensen.

Il est là. Maigre. Blanc comme un cul. Ses petites mains excitées pendent le long de son bassin large et osseux.

– Plamensen.

De Breuil. En chair et en os. Comment a-t-il pu résoudre l'énigme aussi rapidement sans posséder la phrase qu'il y a dans le carnet ?

– Plamensen, vous avez… ? Est-ce que vous avez… trouvé ?

– Qu'est-ce que vous faites là, vous ?

Je rabats la boîte le long de mon corps. Il pose des yeux brillants dessus.

– C'est le message ? C'est ça ?

– Comment vous saviez que c'était ici ?

– Je… l'application.

Son visage s'assombrit comme le ciel.

– Comment ça l'application ?

– RecallOne. Il y a un traceur dessus. Simple précaution. Mais je ne vous en veux pas, je comprends pourquoi vous m'avez devancé. La Voie allait mettre la main dessus et vous vouliez négocier avec moi. Dites-moi une somme, elle est à vous. Vous l'avez mérité.

L'enfoiré. Et moi je me suis fait avoir comme un bleu. C'est pour ça qu'il voulait à tout prix que j'installe son machin.

– Je sais pourquoi vous voulez ce qu'il y a dans cette boîte.

– Comment ça ?

Sa voix monte dans les aigus imperceptiblement.

– J'ai compris pourquoi vous vouliez pas que je creuse trop loin, pourquoi vous m'avez rien dit sur le Pousseur. Au début, je suis un peu tombé dans la parano puis… J'ai vu quelque chose sur le carnet du Grippeminaud. J'ai compris en quoi vous étiez *impliqué* dans cette histoire…

Il se fige. J'ai mis le temps à m'en souvenir, à le remettre. Mais son visage. Je l'avais déjà vu. En dessin. Et Saint-Bernard a confirmé mes soupçons.

– Vous êtes l'une de ses victimes. Vous voulez savoir pourquoi il vous a choisi vous. Pourquoi il vous a fait souffrir. Ça vous rassurerait qu'il y ait un message philosophique derrière cet acte qui a détruit votre vie.

De Breuil baisse la tête et passe sa langue sur ses dents. Les rares curieux sur le quai nous dévisagent.

– Vous avez visé juste. Je vous ai plus que sous-estimé donc…

– Il semblerait.

– Vous avez raison. Je veux comprendre. Mais il y a un détail qui vous échappe…

– Tiens donc ?

– Vous passez à côté d'un point essentiel : je ne suis pas l'une de ses victimes.

– Ne mentez pas…

– Je suis *la* victime. La première. Celle qui a déclenché tout le reste. C'est moi qui ai créé le Grippeminaud. C'est à cause de moi qu'il a réitéré ses crimes, encore et encore, et encore… À l'époque, je venais de perdre toutes mes actions, mon entreprise avait coulé, mettant au chômage des milliers de personnes, j'avais tout perdu et plongé dans l'alcoolisme. Il ne m'a rien fait en vrai, le savez-vous ? Il ne m'a même pas touché. Il n'a pas pu sortir du métro alors qu'il était en pleine crise d'angoisse. Ensuite, il est venu me voir et… Je l'ai entendu, j'ai un vague souvenir de lui, comme dans un rêve. Il ne m'a pas touché. Par contre, c'est à cause de moi. De cette journée. S'il est devenu ce qu'il est. Lorsque j'ai compris que je l'avais créé, j'ai arrêté de boire. J'ai repris ma vie en main et remonté la pente. C'est aussi grâce à lui qu'aujourd'hui, je suis sur pied. Mais si j'ai fait tout ce chemin, c'est pour savoir. Je suis son créateur, je l'ai révélé à lui-même. Ce message, il m'est destiné. Je suis l'origine de son mal. Sa sève ! Plamensen, vous avez parfaitement réussi la tâche que je vous ai confiée, et même au-delà, vous serez largement récompensé.

Mon visage se tourne vers le panneau d'affichage des trains. Une minute. Certainement moins.

– Plamensen ?

– Écoutez, mon vieux, ça ne va pas le faire…

– Comment ça ?

– Je ne pense pas que quiconque doive poser les yeux sur ce message. J'ai entendu votre histoire et je compatis, sincèrement, mais je pense qu'on va s'arrêter là. Ça ne vaut pas le coup.

– Vous ne pouvez pas en décider à ma place. Donnez-moi cette boîte et vous serez riche. Riche comme vous ne pouvez pas l'imaginer. Vous pourrez faire ce que bon vous plaira, vous enivrer au bord d'une piscine toute votre vie. N'est-ce pas ce que vous voulez ?

– Bof. L'eau me fripe la peau.

– Cessez de faire l'idiot !

– L'idiot ?

– Oui, ce serait totalement idiot de refuser une telle somme. Donnez-moi la boîte !

– Non. Désolé.

– Plamensen…

Un train entre en gare. Le bruit attire notre attention à tous les deux. J'ai pris ma décision. Il faut qu'elle disparaisse. Je balance la boîte sur le rail.

– Qu'est-ce que vous faites ?

Deux agents de la RATP nous interpellent de loin. C'est pas trop tôt. Le train arrive et les yeux lumineux de la bête sortent du tunnel.

– Gardez votre pognon et faites-vous une raison.

– Plamensen, vous n'y comprenez rien, je dois savoir.

– Non, je pense que personne ne doit savoir ce que contient cette merde, croyez-moi.

Les agents se rapprochent. De Breuil fulmine de rage. Le train est à quelques mètres. C'est alors qu'il élance son grand corps longiligne. Comme une fusée. Je ne l'avais pas prévu aussi rapide. Je l'agrippe par le gilet mais il s'en défait comme d'une vieille peau. Il saute sur les rails. Je hurle son nom. Il se saisit de la boîte, ému aux larmes. Pas longtemps. Quelques secondes. Quelques secondes hypnotiques. Et…

Le train.

Même s'il freine et ralentit, il le fauche de plein fouet. Armand de Breuil est comme aspiré sous les rails. La boîte explose. Lui avec. Je ne reçois que de fines gouttes de sang sur le visage. Le crissement des freins rend sourds tous les passagers sur le quai. Je n'entends plus rien à part les hurlements de panique. Je reste là, figé, un gilet dans les mains.

Le train s'arrête. Les agents se jettent sur moi et me plaquent au sol.

Les sons se brouillent.

Je sens le sol collant du métro contre ma joue et son odeur si familière emplir mes narines.

– Plamensen, c'est ça ? Asseyez-vous. Martin Kerr, directeur du bureau.

– Ouaip.

Je m'assois lourdement dans le fauteuil que me désigne mon nouvel employeur.

– Voici votre contrat. Comme vous l'a expliqué Karim, vous avez un bureau, une voiture de fonction, l'accès aux archives de la mairie et à certains dossiers du commissariat. Vous êtes libre de refuser ou d'accepter les contrats qu'on vous propose mais vous êtes payé à la résolution de l'affaire. C'est bon pour vous ?

– Et ma secrétaire ? Vous l'avez appelée ?

Martin Kerr lâche un soupir.

– Britania Corlett. Oui, je l'ai eue. Pas commode. Vous êtes sûr de vouloir bosser avec elle ?

– Ouaip, je lui en dois une.

– Dans ce cas…

Je ne connaissais même pas le nom de famille de l'ancienne secrétaire de de Breuil, mais j'avais son numéro de portable et plusieurs messages d'elle. Tous, disons, très énergiques. Alors j'ai fait ce qu'il fallait faire. C'était ma seule condition. On ne dit pas non à une star.

Nos profanateurs de morgue ont d'ailleurs tous fini en psychiatrie. Sauf une… la pire. Ils n'ont jamais retrouvé Séverine Boulanger.

Néanmoins, ce petit exploit m'a valu un nom. Eh oui, un nom à la une des canards parisiens. Ce qu'on appelle: une réputation. Il est beaucoup plus facile de trouver du boulot dans cette position. J'ai donc accepté l'offre la plus alléchante. C'est pas beau, ça? Car je n'ai pas touché un kopeck de mon contrat avec de Breuil.

– Par contre… ça dérange si je crèche sur le canapé de mon bureau de temps en temps?

Il soulève un sourcil; j'enchaîne, pour faire bonne figure:

– Ouais, souvent j'aime bosser tard, tout ça…

– Tant que vous ne gênez personne.

– Je ne ronfle pas…

C'est Hervé Lamentelier qui est venu me chercher en garde à vue – les flics étant persuadés que j'étais un SDF impliqué dans tout ce merdier. Il a témoigné en ma faveur. Ce mec est incroyable… Et il faut dire que je lui devais bien des choses. Alors, lui et sa famille squattent dans mon taudis. Je pense pas qu'ils resteront qu'un mois… et je déteste pas les canapés.

– Très bien. Vous commencez demain, vous êtes en état?

– J'ai l'air de quoi?

– D'un mec au bout du rouleau.

– Ce n'est qu'une façade, l'ami.

Je me lève. J'ai rendez-vous au Ton air de Brest deuxième du nom ce soir et je vous assure que je vais célébrer ça comme il se doit. Oublier toutes les douleurs.

– Bon, à demain alors.

– C'est ça, demain dès l'aube. J'ai pas l'intention de me pieuter.

Je me dirige vers la porte quand il m'interpelle:

– Euh… une dernière chose, Plamensen.

– Mhhh?

– Vous avez bien vu ce qu'il y avait dans la boîte?

On y revient. Le nombre de flics qui m'ont interrogé là-dessus. J'ai rien lâché. J'ai invoqué le trou de mémoire. L'amnésie post-traumatique. *Pouf.* Disparu. Mais pas avec lui, j'ai envie de le faire mousser un peu.

– Affirmatif. Mais vous tirerez rien de moi sur ce sujet.

– Non, ce n'est pas mon intention. Je me disais juste…

Il enlève ses lunettes rondes et se passe une main dans les cheveux.

– … vous êtes conscient que tôt ou tard quelqu'un voudra savoir et qu'il fera tout pour vous retrouver ?

J'arbore un sourire en coin. Ils apprendront alors, à leurs dépens, que ce bon vieux Plamensen n'est pas la buse qu'ils espéraient.

Tandis que mon téléphone se met à sonner, entonnant les premières notes de trompette de la chanson de Johnny Cash, je me retourne vers lui.

– C'est « monsieur » Plamensen, au fait.

Rideau.

Note de l'auteur

En mai 2015, une nouvelle en format numérique paraît aux éditions House Made Of Dawn s'intitulant *Le Grippeminaud.* C'est mon premier texte publié hors anthologie. Bien que numérique, je suis aux anges. Il possède sa propre couverture (belle et inquiétante) et une page Babelio. Suivra, chez le même éditeur, *Le Marché des Pyrénées*, la première nouvelle que j'ai osé coucher sur papier. On peut dire que mon aventure littéraire a pris racine à ce moment-là. Après des années d'échecs, il se passait enfin quelque chose.

Pourtant, le personnage du Grippeminaud n'a rien pour plaire. À l'origine, il était le fruit d'une envie de connaître mes limites, les frontières morales que je pouvais ou non arpenter. Il était un pas de côté dans le sordide.

La nouvelle a eu son lot de critiques et j'ai adoré l'effet qu'elle provoquait. Une ambivalence de dégoût et d'attrait. Mon petit objet de laboratoire était devenu une œuvre lisible.

J'ai laissé reposer le projet et me suis attablé à mon premier roman, *Le Septième Continent.* Mais quelque chose continuait de tourner dans ma tête.

J'ai ensuite voulu me lancer dans un polar. Au fil de la plume (un polar sans plan, erreur de débutant…). C'est à ce moment-là que j'ai donné naissance à un personnage que vous connaissez maintenant un peu : Plamensen. Sa première enquête s'appelait *Viande rouge*. Elle mêlait policier et fantastique en région parisienne, sur l'île de Joinville-le-Pont. Elle n'a jamais été publiée. Je le comprends. Ce texte est une ébauche un peu folle. Un jet de tout ce que j'avais envie de raconter (dont une oie bleue mutante…).

Mais le personnage du Grippeminaud continuait de me coller aux basques, et je ne voulais pas replonger seul dans l'horreur de ce personnage. Alors, j'y suis retourné accompagné d'un ami : Plamensen serait mon guide dans ces tunnels. Il adoucirait les ténèbres du métro avec son tempérament hors des clous.

Je me suis mis au travail et ensuite, je ne sais pour quelle raison, ce texte est resté au placard. Jusqu'à maintenant. La suite de cette histoire est là, dormante, brûlante, elle n'attend que vous, cher·ères lecteur·ices, si vous osez y remettre un jour les pieds…

Remerciements

À mes incroyables bêta-lecteurs. À ma mère qui la première a mis les mains dans le bourbier, à Sarah qui a tout de suite vu le potentiel dans le personnage de Plamensen et m'a aidé à le développer, à Bieron et Alex chez qui j'ai fait trembler la suspension d'incrédulité, à Danü pour son regard chevronné, à Latifa qui a repéré les faiblesses du texte dans sa dernière ligne droite, au Psychoclown pour l'inspiration. Je voulais aussi remercier Renaud Ehrengardt, mon premier éditeur, qui a cru à ce polar. Et bien sûr, Héloïse d'Ormesson qui m'accompagne dans ce voyage intrigant, Roxane pour son soutien indéfectible et son œil d'aigle, Alix pour son feu inarrêtable, Alexandra pour ses conseils précieux, Anne-Marie pour son travail sur la couverture et les pictos, Charlotte pour sa tolérance à mon incompétence juridique et Juliette qui va devoir reprendre le feu !

Merci à vous mes lecteur·ices d'être présent·es, j'espère que vous n'y aurez pas laissé trop de plumes. Je serai plus sage pour la suite (ou pas…).

Conception graphique et réalisation
Anne-Marie Bourgeois/m87design

Achevé d'imprimer
par Normandie Roto Impression s.a.s.
à Lonrai (61),
en septembre 2025

Dépôt légal
octobre 2025

Numéro d'imprimeur
2504011

Édition n°1